다클리

LEILA TAYLOR

다클리

미국 고딕의 검은 영혼

릴라 테일러

정세윤 옮김

리타 미걸리, 존 뉴비, 조이스 테일러에게

CONTENTS

그가 태어났고 살아야만 하는 베일 안에서
나는 말했노라 —
깜둥이, 그리고 깜둥이의 새끼…
그 베일을 통해 세상을 음울하게 보더라도
나를 탓하지 마라 —
그리고 내 영혼은 내게 끝없이 속삭인다.
"죽지 않았다. 죽은 게 아니다. 탈출한 것이다.
노예가 아니라 자유민이다."

_W.E.B. 듀보이스, '맏아들의 죽음', 『흑인의 영혼』

나를 멍투성이라고 불러 다오.
시퍼런 멍이 조금이라도
들지 않은 흑인은 있을 수 없으니.

_다지아

일러두기
본문의 각주는 옮긴이 주입니다.

고스적인 Goth-ish

고스는 부르주아적 인간상을 거부한다. 부르주아적 인간상에서 건전하고 선량한 시민임을 입증하기 위해서는 안정적이고 지속 가능한 좋은 직업이 내면의 자아와 진정으로 결합해야 한다. 고스는 마치 즉흥 공연처럼 불연속적이지만 끊임없이 다시 고안되는 양식화된 행동을 하는 인간상을 찬양한다. 신중하게 연출된 과격함, 끔찍한 타자他者에 대한 간접적 또는 엄격히 형식화된 경험을 좋아한다.

_리처드 데이븐포트-하인즈, 『고스: 무절제, 공포, 사악, 파멸의 400년』

보통의 미국인이 입는 재미있는 문구의 티셔츠나 빳빳한 카키 바지가 모든 일이 잘될 거라는 거짓을 말하고 있다면, 고스들이 입는 검은색 레이스의 옷과 저승사자 같은 망토는 진실을 얘기하고 있다─인간은 고통에 시달리다 죽는다.

_사라 보웰, '미국의 고스', 『이 미국인들의 삶』

'뉴올리언스의 역사적인 유령의 집 투어' 여행사의 안내 책자는 "낮 시간 동안 세인트루이스 제1 공동묘지를 느긋하게 산책"한다고 약속했다. 나는 뉴올리언스에서 가장 유명하고 오래된 도시인 프렌치 쿼터 투어에 나섰는데, 이 투어는 라피테 대장간에 있는 '허리케인' 바에서 끝났다. 이 바 뒤쪽 모서리에는 1700년대의 해적 그림 하나가 걸려 있다. 돌아오지 않는 프랑스인 연인을 애타게 기다리며 상사병을 앓다 호텔 지붕에서 얼어 죽은 흑백 혼혈 여자의 유령이 나온다는 집에도 갔다. 뱀파이어 투어도 했는데, 다른 곳과 비슷했고 앤 라이스 소설에 좀 더 참조가 되었겠다 싶은 점만 달랐다. 다들 같은 이야기를 조금씩 다르게 이야기하는 것이긴 해도 이 투어에는 하나의 주제가 있었다.

내가 기대했던 건 어두운 밤이면 창가에 유령이 나타나는 집, 수십 년 전에 누군가 끔찍하게 살해당한 길모퉁이였다. 하지만 가이드(흑인이었다)는 백인 관광객(그리고 나) 그룹을 몰고 콩고 스퀘어를 지나갔다. 이곳은 1800년대에 미국에서 흑인들이 자유롭게 모일 수 있는 유일한 장소였다. 그는 유럽 남성과 흑인 여성 사이의 준準 혼인으로 태어난 자식에게 상속권이 인정되었던 플라케이지placage 제도에 관해 얘기해 주었다. 트레메를 지나면서 가이드는 스토리빌과 재즈에 관해 설명했고, 우리가 있는 곳이 로어 9구區와 관계된다는 것을 지도로 보여 주었다. 로어 9구는 카타리나 허리케인 때 피해를 입은 흑인 동네들이 대부분 몰려 있는 곳이다. 마침내 세인트루이스 제1 공동묘지에 도착하자 그는 부두 여왕인 마리 라보의 무덤을 보여 주었는데, 무덤

에는 관광객들이 X자를 세 개씩 모아 휘갈겨 쓴 자국들이
있었다. 가이드는 마리 라보의 힘은 초자연적인 것보다는
부자와 유력자들과의 연줄에 있었다고 말했다. 그는 역사
적인 플레시 대 퍼거슨 판결의 주인공인 호머 플레시의 무
덤을 가리켰다. 인종 분리는 완전히 합법이라고 한 이 판결
로 인해 차별 정책이 봇물 터지듯 쏟아졌다.

　유령에 관한 이야기를 몇 가지 더 할 수 있었기에 나는
이 예상치 못한 뉴올리언스 흑인 지역 투어가 즐거웠다. 하
지만 주위를 보니 다른 관광객들은 지루해하거나 예상과
는 다른 듯 짜증스러워했다. 하지만 이것은 유령 투어가 분
명했다. 그들이 기대했던 종류의 유령 투어가 아니었을 뿐.
호텔, 바, 창녀촌에 갇힌 폴터가이스트나 영혼은 없었다. 우
리 역사의 유령들, 이 나라에서 너무도 자주 잊히고 버려진
유령의 잔해들이 있었다. 우리는 모두 조금 겁먹기를, 과거
와 현재 사이, 산 자와 죽은 자 사이의 베일이 가장 얇은 장
소에 서 있길 바랐다. 역사적 진실이라는 고색창연한 더께
가 낀 으스스한 이야기를 들으며 즐거워하기를 기대했다.
하지만 투어 가이드는 미국의 유령 이야기는 흑인의 역사
임을 이해하고 있었다. 투어를 마치며 그는 유색 인종 박물
관을 관람해 보라고 권했고 나는 팁을 5달러 주었다.

나는 어둠이다

내 이름의 철자는 Leila이지만 보통의 경우와는 달리 "릴라"라고 발음한다. 아랍어로 '밤', '어둠', '어두운 아름다움'이란 뜻이다. 아빠에게 내 이름의 유래에 관해, 내게는 왜 형제자매인 제프나 레슬리와 다르게 너무나도 이국적인 이름을 붙였느냐고 물어본 적이 있다.

아빠는 말했다. "그게 네 이름이니까."
"알아. 하지만 어디서 온 이름이야? 왜 이걸 골랐어?"
"너는 세상에 태어났고, 그 이름이 바로 너란다."
무슨 소린지.

질문에 대한 답은 듣지 못했지만, 내가 엄마의 자궁에서 나오면서 아빠에게 검은색 글씨로 "나는 밤이다"라고 쓴 명함을 건네주는 상상은 꽤 마음에 들었다. 호러 영화, 검은색 매니큐어, 그룹 더 큐어를 병적으로 좋아하는 내 취향이 필연적이며 심지어 유전적인 것이라고 말해 주는 셈이니까. 나는 정향 담배를 피우고 비 오는 날 다리 아래에서 형편없는 시를 쓸 운명이었다. 나는 어둠이다.

심지어 내 생일에도 초자연적인 신비의 장막이 드리워져 있다. 우리 가족만의 전설에 따르면 산부인과 의사는 엄마가 사내아이를 가졌으며 4월에 태어날 것이라고 말했다. 그게 불만이었는지 엄마와 언니는 위자 점괘판으로 점을 쳐봤다. 위자에 나온 글자는 "여자애"(바로 나다)와 "3월 28일"이었다(내 생일은 3월 29일이다). 꽤 비슷하지 않은가.

나는 청소년기에 두 사람에게서 큰 영향을 받았다고 할 수 있다. 포스트 펑크 밴드 수지 앤 더 밴시스의 리드 싱어인 수지 수, 〈코스비 가족 만세The Cosby Show〉에서 극 중 클리프와 클레어 허스터블 부부의 딸인 데니스 허스터블이다. 수지 앤 더 밴시스는 죽음과 악몽이 음악화된 것으로 나는 그에 맞춰 춤출 수 있었고 수지 수는 내가 인식하는 어두운 매력을 표현하고 있었다. 펑크색과 우아함이 아닌 여성성을. 하지만 나는 결코 수지 수를 선망하지는 않았다. 나의 숭배는 그 음악과 클레오파트라 스타일의 아이섀도까지였다. 수지 앤 더 밴시스를 사랑하긴 했지만 내가 '되고' 싶었던 건 데니스 허스터블이었다. 그녀는 겹겹이 껴입은 치렁치렁한 옷, 헐렁한 모자, 수시로 바뀌는 그 유명한 머리카락을 통해 뉴욕의 또 다른 '쿨 내음'을 물씬 풍겼고 나는 그 흉내라도 내려고 안간힘을 쓸 수밖에 없었다. 데니스는 목소리도 나와 닮았고 부모님은 우리 부모님과 비슷했다. 전문직(우리 아빠는 건축가였고 엄마는 인류학자였다)에 재즈 애호가였다. 데니스는 똑똑하고 창의적이었으며 나와 비슷하게 가족 내에서 공인된 괴짜였다. 가끔 말썽을 피웠지만 근본적으로는 착한 아이라는 점도 나와 같았다. 데니스는 공격적인 필명을 쓰지 않았고 반항아의 상징인 만(卍)자 무늬 옷을 입지도 않았으며 가장 나쁜 짓이라고 저지른 게 영어 시험에서 일부러 D를 맞는 정도였다. 데니스의 삶은 다다를 수 있을 것 같았고 무엇보다 나와 '생김새'가 닮았다. 수지는 내가 내면에서 느끼는 것을 표현해 주었고 데니스는 내가 될 수 있는 외면이었다.

다른 10대들과 마찬가지로 내 방 벽은 내가 사랑하는 음악들에 헌정된 갤러리였다. 그것은 감상적인 10대의 불안을 나타내는 표지판이었다. 내 느낌에 대해 말할 필요가 없었다. 조이 디비전의 〈클로저〉 앨범 포스터면 충분했다. 나는 〈더 페이스〉, 〈인터뷰〉, 〈i-D〉 잡지에서 깨끗하게 뜯어낸 흰색 얼굴과 삐죽삐죽한 머리카락들의 콜라주로 주위를 도배했다. 잡지의 책등을 최대한 구부려 종이를 깔끔하고 온전하게 떼어냈다. 벽에는 옅은 청색의 콘서트 티켓 남은 부분을 겹쳐 인쇄한 카라바조 그림의 흑백 복사본, 고딕 양식의 첨탑, 하이게이트 공동묘지[1]와 페르라셰즈 공동묘지[2]의 비석 사진이 있었다. 아이라이너와 시뻘건 립스틱을 너무, 너무, 너무 진하게 바르고 더 큐어의 보컬 로버트 스미스처럼 미친년 헤어스타일을 하고 디트로이트 미술관의

---

1 빅토리아 시대 영국의 유명 인사들이 잠들어 있는 런던의 묘지.
2 파리의 유명한 공동묘지로 오스카 와일드, 짐 모리슨 등의 유명인들 무덤이 있다.

아치형 입구에서 연극 같은 포즈를 취하고 있는 친구들의 스냅 사진이 있었다. 나는 〈스매시 히트〉 앨범에 나온 내 우상과 뱀파이어처럼 창백한 피부를 한 내 백인 친구들을 바라보곤 했는데, 그들이 별로 힘들이지 않고도 고스처럼 보일 수 있다는 것이 가끔 부러웠다는 사실을 인정해야겠다. 마크 피셔는 수지의 외모를 "백인종의 형태를 한, 복제할 수 있는 화장한 마스크"라고 불렀다. 나는 백인이 되길 바랐던 적이 결코 없었다. 하얀색은 내가 열망했던 무언가가 절대 아니었음에도, 나는 내 자신이 이 종족의 일원이라고 생각했으나 그 마스크는 나에게 전혀 어울리지 않았다. 가끔 그들의 존재에서 약간의 검은 드라큘라적인 면—백인들 이야기의 흑인 버전—을 느꼈다는 사실을 인정한다.

어느 날 저녁, 아빠가 내 침실 문을 노크했다. "안녕." 아빠는 하얀 얼굴들로 도배된 내 방 벽을 둘러보며 말했다. 아빠의 시선은 어떤 흑인 여성의 사진에 고정되었다. 흑백이 선명한 대조를 이룬 사진으로, 카메라를 똑바로 응시하는 얼굴이 클로즈업되어 있었고 머리는 삭발했다. "이 사람이 네가 생각하는 이상적인 흑인이니?" 아빠는 유쾌하게 웃었고 저녁이 준비되었다고 말하며 방을 나갔다. 완전히 새로운 부끄러움이 엄습했다. 며칠, 심지어 몇 년이 지난 후에도 내가 내 종족을 배신하고 있다는, 백인이 되고 싶다는 일종의 무의식적인 욕망을 과잉 보상하고자 하는, 깊게 자리한 어떤 죄책감 때문에 그 사진을 놓아 둔 건 아닌가 생각하곤 했다. 모델은 단순한 흑인이 아니었다. 도전적일 정도로 검은 얼굴을 하고 있었다. 내 얼굴보다 세 배는 더 검었다. 나는 다소 온건하게 '그냥 사진이 멋져서'라고 생각했지만, 이제는 그녀의 검은 눈동자가 엄한 판결을 내리듯 방을 가로질러 나를 쫓아왔고, 그래서 나는 머뭇거리며 흑인 싱어송라이터 테렌스 트렌트 다비의 사진을 붙였다.

나는 디트로이트에서 자랐다. 미국에는 명백한 '흑인의 도시'가 몇 곳 있다. 2010년 인구 총조사에 따르면 디트로이트는 미국에서 가장 '흑인이 많은' 도시로, 아프리카계 미국인 인구가 거의 83퍼센트에 이른다. 나는 아주 작은 퀘이커 교회 부설 학교에 다녔는데 그 학교에는 흑인(대부분 흑인이었다), 백인, 인디언, 아시아인, 중동인 학생들이 있었다. 기독교인, 유대인, 힌두교인, 그리고 극히 일부의 진짜 퀘이커 교인이 있었다. 그로스포인트 출신의 부잣집 아이들, 블랙 바텀 출신의 가난한 집 아이들, 경제적으로 중산층 가정에 해당하는 보스턴-에디슨 출신의 나 같은 아이들이 있었다. 때로 우리는 조금 낮은 계층에 해당하기도 했다. 이것은 일종의 중간적이고 중립적인 유형의 교육 환경이고, 교외에 사는 친척들이나 다른 흑인 친구들도 비슷하게 안락한 생활을 했다. 나는 클래식 기타 레슨을 받았고, 제대로 이해하지도 못하면서 예술 영화를 빌려 보고 사르트르의 책을 읽었다. 여름에는 헤리티지 하우스에서 시간을 보냈다. 반질반질한 나무 바닥과 스테인드글라스 유리

창이 있는 빅토리아 양식의 붉은 벽돌 대저택인 그곳에서 아프리카 무용 수업을 듣고 내 '문화'에 대해 배웠다.

어느 해 여름에는 시내의 YWCA 일일 캠프에 가서 수영과 사회적 따돌림을 배웠다. 일일캠프에는 '이웃 동네' 아이들이 모여 있었는데, 나는 그 여자애들이 무서웠다. 사춘기 전 아이들 집단만이 일으킬 수 있는 매서운 심판으로 가득한 곁눈질로 교실 건너에 있는 나를 째려봤다. 그들은 싸움을 걸었다. 친구 사이인 멋진 여자애들 사이의 전형적인 신경전이 아니라 진짜 몸싸움을. 그때 나는 처음으로 '오레오Oreo'라고 불렸고 백인처럼 말하고 부자인 척한다고 조롱당했다(나는 속으로 생각했다. 우리 집이 부자면 내가 왜 너희들처럼 이 빌어먹을 YWCA에 오겠어?). 그애들은 디페쉬 모드 같은 영국 팝 밴드 대신 흑인 아이돌 뉴 에디션을 들었다. 우리는 마치 두 개의 다른 언어를 쓰는 것이나 마찬가지여서 나는 여름 내내 고개를 숙이고 입을 다문 채 지냈다. 나 자신의 문화 안에서 문화 충격을 받은 첫 경험이었고 다시금 나는 나의 흑인성이 충분하지 않으며 잘못된 음악을 듣고 잘못된 것들을 좋아한다는 평가를 받은 셈이었다. 그리고 나는 내가 소비하는 것들이 나의 계층과 인종을 나타낸다는 '상품화된 정체성 위기'를 겪었다. 내가 입는 옷, 내 방 벽에 붙여 놓은 포스터, 내가 듣는 앨범이 (R&B를 듣는 여자애들, 헤비메탈을 듣는 남자애들과는 달리) 나를 특정한 종류의 음악을 좋아하는 사람으로 이미 분류해 놓았다. 인종이 아닌 취향에 기반한 차별이었다. 실망스럽게도 인종과 취향이라는 이 두 가지는 상호 연관되는 경우로 보는 시각이 더 많은데, 게다가 나는 아마도 모든 서브컬처 중에 가장 백인에 가까운 것을 골랐을지도 모른다. 바로 고스였다.

2016년에 나는 세계 최대의 고스족 행사 중 하나인 영국 휘트비 고스 축제에 갔다. 한 해에 두 번, 검은색 벨벳 옷과 실크해트, 코르셋 차림의 인파가 휘트비 수도원의 골조만 남은 잔해 아래 모이는 장소고, 트란실바니아 지방의 흙으로 가득하고 쥐 몇 마리가 탄 드라큘라 백작의 배가 영국에 최초로 상륙한 곳이기도 하다. 나는 친구 사라와 함께 맨체스터에서부터 여행을 시작했다. 나는 '스미스 앤 모리시' 안내 책자를 손에 들고 샐퍼드 청년 클럽 앞과 '묘지의 문' 입구에서 포즈를 취하고 사진을 찍었다. 그리고 우리는 남쪽 매클스필드로 향했다. 춥고 가랑비가 내리는 날이었다. 조이 디비전의 리더 이안 커티스의 묘지 앞에 몸을 떨며 서 있는 동안 나는 생각보다 더 감명을 받았다. 우리는 바턴 스트리트에 있는 커티스의 생가에 잠깐 들렀는데, 그가 목을 맨 부엌에 그렇게나 가까이 있으니 약간 소름이 끼쳤다. 고스 축제에 참가한 다른 목적은 첫째, 무어스 밸리[3] 걷기, 둘째, 벼랑 위에 서서 카스퍼 다비드 프리드리히의 그림처

---

3 영국 본머스 북쪽에 있는 유명한 자연공원.

럼 안개 바다 위를 떠돌아보기였다.

나는 무어스 밸리에서 나오는 길 위에 서 볼 수 있었고, 휘트비 수도원 별관 지붕 위에서 북해의 으르렁거리는 바람에 몸을 버티며 서 있어도 보았다. 빅토리아 시대 옷차림의 신사들은 실크해트를 꽉 붙들었고, 페티시가 아닌가 싶을 정도로 높은 하이힐을 신은 여자들은 넘어질까 조심스럽게 계단을 내려갔다. 우리는 휘트비 수도원 폐허 사이에서 포즈를 취하고 인증샷을 찍고 브램 스토커 드라큘라 박물관(프랜시스 포드 코폴라의 1992년 영화를 위해 지어진 으스스한 유령의 집)으로 갔다. 휘트비 흑요석으로 만든 브로치도 하나 샀다. 한 장소에 그렇게 많은 고스족이 모인 모습을 본 적이 없었다. 〈아담스 패밀리〉의 고스족 아빠 엄마들은 새끼 박쥐들을 뒤에 데리고 다녔다. 서브컬처로서의 고스는 연령을 불문하고 수많은 일관성을 가지며 고스 계열은 매혹적인 죽음이라는 정신을 유지하고 있다. 한 번 고스는 영원한 고스인 것이다. 에드워드 고리[4]부터 가위손 에드워드까지 그 특성은 변하지만 기초는 동일하다. 시대착오적 낭만주의, 연극적 멜랑콜리, 야행성, 과장된 병적 상태, 그리고 검은색.

'고딕'이라는 단어는 18세기 이래 문학, 예술, 건축에 사

---

4   부조리한 현실을 비판한 작품 세계로 유명한 미국의 일러스트레이터. 빅토리아 시대를 배경으로 한 그림이 많다.

용되어 왔지만 '고스'가 등장한 것은 펑크의 공격성이 좀 더 자아 성찰적이고 지적인 포스트 펑크로 변모한 1970년 대 후반이었다. 도어스, 앨리스 쿠퍼, 벨벳 언더그라운드가 '고딕'이라 칭해졌지만, 고스 음악과 동명同名의 서브컬처의 진정한 기원은 1978년 조이 디비전의 〈미지의 기쁨Unknown Pleasure〉앨범 발매와 함께 시작되었다.

이언 커티스의 목소리는 젊은 가수의 것이라고 하기에 는 이상할 정도로 깊이가 느껴졌고, 그들의 음악은 귀에 쏙 들어오는 팝 선율에 개인적 상처를 담은 자기 비하의 가사 가 얹힌 불협화음과도 같은 성질을 가지고 있었다. 피터 새 빌이 디자인한 탁월한 앨범 커버는 패러디라고 할 정도로 고스의 상징이 되었는데, 각양각색의 고딕, 현대 고딕, 미니 멀리즘, 과학까지 느껴졌다. 조이 디비전은 냉정한 낭만주 의의 일종으로, 유령이나 귀신에 홀리는 것보다는 지금 여 기의 일상에 중점을 두었다. 스위스 시골 저택의 캄캄하고 폭풍우 몰아치는 밤이 아니라 매클스필드의 고용복지센터 에서 태어난 고스이다.

바우하우스는 1979년 '벨라 루고시[5]의 죽음Bela Lugosi's Dead'으로 데뷔하면서 전형적인 고스 밴드가 되었다. 그리 고 수지가 등장해 폼페이의 잿더미, 어린 시절의 악몽, 미 친 방화범에 대해 노래했다. 그녀의 페티시즘적인 펑크 의

---

5 드라큘라 역으로 유명했던 헝가리 출신의 미국 배우.

상과 클레오파트라 스타일의 아이라이너는 어두운 관능의 결정체였고 오늘날까지 유지되고 있다. 더 큐어의 로버트 스미스는 정리되지 않은 갈기 같은 머리카락, 빨간 립스틱, 울지 않는 소년에 대한 슬픈 노래를 통해 남성성이라는 젠더 코드에 반기를 들었으며 이러한 어두운 기괴함의 미학은 글램, 펑크, 페티시, 빅토리아 시대 양식, 중세 취미, 섬뜩하면서도 우스꽝스러운 수많은 복장의 종합이라는 형태로 확립되었다. 이 음악에서 태어난 서브컬처는 그 감상적인 언어에 시각적인 면을 도입하여 누구나 쉽게 알아볼 수 있는 스타일로 구체화되기 시작했다. 다른 사람들에게 고스를 설명할 때 나는 이렇게 말하는 걸 좋아한다. "공작새를 상상해 봐, 그런데 그 공작새가 온통 검은색이야." 잘 모르는 사람들은 검은색을 분노나 슬픔이라고 생각하지만 이는 본질을 놓치는 것이다. 내가 아는 고스는 불길함과 우울함이라기보다는 멋과 참신함이다.

대중문화에서의 고스는 제멋대로이지만 불안한 아우라를 가진 도시 근교의 외톨박이 젊은이의 이미지를 떠올리게 한다. 팀 버튼의 1988년 영화 〈유령 수업BeetleJuice〉에서 위노나 라이더는 리디아 디츠라는 낯설고 괴상한 캐릭터를 보여 주었다. 코미디언 크리스 커턴은 1997년 〈새터데이 나이트 라이브〉에서 아즈라엘 어비스라는 캐릭터와 함께, 플로리다주 템파에 있는 그 캐릭터의 부모님 저택이 가진 '빛나는 어둠'을 선보였다. 이 '슬픔의 왕자'는 케이블 방송의 토크쇼인 '고스 토크'를 진행하지 않을 때는 쇼핑몰의 시나본이라는 빵집에서 일한다. 그리고 결정적으로 고스 종합 상점인 핫 토픽의 정직원이다.

일단 캐리커처가 확립되자 고스는 수많은 패러디의 대상이 되었고 이는 일반 서브컬처와 심화된 서브컬처가 분류되는 시발점처럼 보였다. 고스는 단순히 주류에서 이탈한 자들이 모인 무리에서 그치는 것이 아니라 마케팅 수단, 팔 수 있는 제품, 고스 비슷하게 보이기만 하면 마음대로 붙일 수 있는 레이블이 되었다. 고스는 어떤 '존재' 대신에 이제는 구매할 수 있는 무언가가 되었다. 2000년 아카데미 시상식에서 앤젤리나 졸리는 〈아담스 패밀리〉에 등장하는 모티시아 아담스 스타일의 딱 달라붙는 검은색 롱드레스에 긴 스트레이트 흑발, 고양이를 연상시키는 아이라이너를 하고 등장했고, 미디어는 즉시 그녀에게 '고스 여왕'이라는 수식어를 붙였다. 당시 남자 친구였던 빌리 밥 손튼의 혈액이 든 병을 목에 걸고 있기까지 했기에 나는 그녀에게 찬사를 아끼지 않았어야 했을지 모른다. 하지만 곧 검은색 레이스 가운에 스모키 눈화장만 하면 고스라고 불리게 되었다. 고스는 대중문화에 의해 상품화되고 수용될수록 그 타자성他者性을 유지하기 위해 더욱 변모했다. 그 변모는 정확하게 말하자면 모방하기 쉽고 조롱하기도 쉬운 특이한 외양이다. 고스는 타자로 남기 위해 점점 더 복잡해져야 했다.

내가 얘기하는 고스는 나의 고스, 내가 청소년기를 보낸

80년대의 나만의 고스라는 사실을 우선 말해 둔다. 그 이후 모든 종류의 고스 분야가 등장했고 장르들이 섞이고 다른 서브컬처와 합쳐져 각 분야만의 특별한 복장 및 표시와 더불어 더욱 특화된 정체성을 형성했다. 사이버 고스, 페티시 고스, 로커빌리 고스[6], 빅토리아 시대풍 고스, 뱀파이어 고스, 버블 고스[7], 히피 고스, 원시 고스[8], 페어리 고스, 카바레 고스, 회사원 고스, 심지어 건강한 고스[9]라는 모순적인 분야까지 있었다. 나는 전통적인 고스 카테고리 또는 (무례한 표현일지 몰라도) '장로 고스Elder goth'에 빠졌을 것 같다.

고스란 단어는 수많은 패션과 무한히 확장하는 음악 스타일을 포괄하기에 그 자체만으로도 너무 크고 광범위하다. 빅토리아풍 고스는 그들만의 상복이, 뱀파이어 고스는 특유의 송곳니가, 로커빌리 고스는 핀업 걸 베티 페이지 스타일의 뱅헤어가 있다. 패션이 그처럼 필수적인 역할을 하기 때문에 고스를 단순히 스타일이나 애착하는 대상이라고 말하기 쉽다. 하지만 고스의 과시적인 외양은 그들의 '반항기'를 나타내는 결정적인 면모다. 고스는 죽음을 상기시키는 행동 양식과 더불어 주류에 대한 저항, 스스로 정의한 타자성, 맹목적 낙관주의에 대한 회의를 상징한다. 긍정

---

6 록과 컨트리가 결합된 스타일의 고스.
7 짙은 눈화장과 창백한 파운데이션, 엘프를 연상시키는 복장이 특징인 고스.
8 밸리댄스 복장을 특징으로 하는 고스.
9 생명 공학, 단색의 스포츠웨어, 과도한 청결함을 중시하는 고스.

론이라는 따분한 주류 문화에 가하는 멜로드라마적인 활기다. 고스는 단순한 패션이 아니라 세상에 대한 감성과 관점, 즉 '고딕적' 사고방식이다. 고스 스타일은 영국의 음악과 그것이 가진 유럽적 미학에서 발전했다. 하지만 어떤 관점이 영국적 또는 유럽적이 아니거나 백인의 것인 게 아니라면 어떨까? 이러한 고스 스타일은 어떤 모습일까? 아프리카계 미국인 고스의 표지와 복장은 무엇인가? 아프로고스Afrogoth라는 게 과연 있기나 할까?

고스가 아직 포스트펑크 초창기에 머물러 있던 1984년 봄, 〈프로파간다〉 편집장인 프레드 버거는 맨해튼 이스트빌리지를 지나던 트레이시를 우연히 발견했다. 트레이시는 프레드에게 자신이 좋아하는 클럽은 댄스테리아이고 음반 가게는 블리커 밥이며 밴드는 바우하우스라고 말했다(propagandamagazine-gothic.tumblr.com에서 트레이시를 만나 볼 수 있다). 화장은 거의 하지 않았지만 눌러서 편 머리카락은 펑크족이라고 하기에 충분할 만큼 삐죽하게 세웠다. 가죽이나 망사 옷, 과장된 아이새도나 주렁주렁 달린 액세서리도 없었다. 바우하우스 티셔츠를 입은 흑인 여성일 뿐이었다. 그리고 내 눈에 트레이시는 그 누구보다 고스다워 보였다.

더 흑인답게

내가 이전의 고스 활동을 공식적으로 중단한 날짜를 정확하게 짚자면 1987년에서 1992년 사이의 어느 때라고 할 수 있다. 1987년은 우리 가족이 디트로이트에서 오하이오주 신시내티로 이사한 해였고, 1992년에는 더 큐어가 '금요일에 난 사랑에 빠져Friday I'm in Love'를 발표했다. 디트로이트에서 나는 온갖 종류의 흑인 애들을 봤다. 힙합에 빠진 애들, 〈스타 트렉〉에 빠진 너드들, 부잣집 흑인 애들, 가난한 집 흑인 애들, 인기 있는 애들, 그리고 나처럼 예술가인 척하는 애들. 르네상스 고등학교에 다니기 시작하면서 나는 '예민한 대안 그룹'—젊은 사회주의자, 검은색 옷을 입고 담배를 피우며 시를 쓰는 흑인 남자애들, R.E.M.을 듣는 흑인 여자애들—에 상대적으로 자연스럽게 빠져들었다. 내가 흑인이라는 사실은 그 다양함 중 하나일 뿐이었고 전혀 흥미의 대상이 아니었다.

신시내티로 이사하면서 나는 태어나면서 함께했던 괴짜 패거리들을 잃었고, 이전에는 관념적으로만 불안에 시달렸다면 오하이오는 그 불안의 등급을 케케묵은 우울증으로 높여(혹은 낮춰) 주었다. 월넛 힐 고등학교에는 디트로이트에서 경험했던 것 같은 다양한 흑인 애들이 없었고 나 같은 괴짜 흑인은 하나도 만나지 못했다. 점심시간이 되면 화사한 옷에 (나는 결코 마스터할 수 없었던) 완벽한 스트레이트로 머리를 편 흑인 애들이 정문 계단 위에 모였는데, 그 애들은 서로의 생활에 대해 전부 아는 것처럼 보였다. 나는 대부분 미술실에 숨어 있었다.

어느 날, 몇몇 학생들이 베를린 장벽 붕괴를 기념해 복사지 상자로 1.8미터 높이의 가짜 장벽을 만들어 복도를 동東 월넛 고교와 서西 월넛 고교로 갈라놓았다. 하지만 이 정치적인 실험은 의도치 않은 결과를 가져왔다. 흑인 애들이 모이는 곳과 백인 애들이 모이는 곳 사이에 뚜렷한 경계선을 그었고, 어울림보다는 차별의 분위기를 만들어 냈다. 그리고 나는 틀린 쪽에 있었다. 또다시.

나는 대학 시절 내내 오하이오에서 살았고 그때쯤 1990년대가 도래했다. 내 액세서리는 단순해졌고 주말엔 대부분 게이 클럽에서 테크노와 하우스 음악에 맞춰 춤을 췄다. 색색의 옷을 입었다. 신시내티 대학 그래픽 디자인 프로그램에 참가했고 스위스 미니멀리즘과 모더니즘이라는 매우 비非 고스적인 세계, 기능을 우선시하는 형식에 푹 빠졌다.

어느 날 디자인에서의 '소수성'에 관한 세미나를 준비하는 학생 두 명이 찾아왔다. 나는 과에서 하나뿐인 흑인이었고 그들은 내가 그 세미나에 참가해서 토론에서 의견을 발표해 주길 바랐다. 그들은 아주 진지하게 내가 "최대한 흑인답게 행동해 줄 수 있는지" 물었다. 나는 당혹감에 입을

딱 벌렸다. 하지만 대체 무슨 뜻이냐고 묻기도 전에 그들은 쾌활한 말투로 불쑥 "고마워!"라고 말하고는 가 버렸다.

물론 나는 그 말이 무슨 뜻인지 정확히 알았다. 오프라 윈프리나 콘돌리자 라이스처럼 행동해야 한다는 의미가 아니라는 걸 알았다. 그들은 그레이스 존스[10]는 생각해 보지도 않았고 폴리 스티린[11]은 아예 몰랐으리라. 나는 그들 머릿속에 있는 흑인이 무엇인지 확실하게는 볼 수 없었지만 정신없이 목을 흔들고 손가락을 튕기는 뭔가 시끄럽고 활발한 무엇인가를 생각하고 있다는 건 알았다. 나는 다음 날 아침 산책을 한 다음 한 손에는 콜트 45구경 권총을, 다른 손에는 프라이드 치킨이 든 바구니를 들고 세미나에 15분 늦게 나타나고 싶었다. 머리카락을 앤젤라 데이비스[12]의 아프로 스타일로 하고, 고개를 숙이고 주먹을 치켜올린 채 당당하게 서 있을 수도 있었다[13]. 멋진 시를 낭송할 수도 있었다. 나는 세미나 참가 거부로 침묵으로 저항했다.

그 만남에서 그들이 했던 "최대한"이라는 요청이 가장 흥미로웠다. 그 말은 오늘날까지 흑인들을 사로잡고 있는 무

10　강인한 전사 이미지로 유명한 흑인 배우 겸 가수.

11　영국 펑크록 밴드 엑스레이 스펙스의 리드 보컬 매리언 존 엘리엇 세드의 예명.

12　사자머리 같은 아프로 헤어로 유명한 미국의 정치인, 학자.

13　1968년 멕시코 올림픽 남자 육상 200미터에서 금메달과 동메달을 딴 미국의 흑인 선수 토미 스미스와 존 카를로스가 시상대에서 미국 국가가 흘러나오자 고개를 숙이고 검은 장갑을 낀 손을 높이 치켜올려 인종 차별과 흑인 인권 문제에 항의한 '블랙 파워 살루트(Black Power Salute)' 퍼포먼스를 말한다.

엇인가를 의도치 않게 떠올리게 했다. 정량화할 수 있는 흑인성, 그 범위가 '오레오부터 게토까지'[14](캐리 호크의 1997년 단편 애니메이션 〈블랙 이너프Black Enuf〉에 등장한다) 이르는 흑인성 말이다. 그들이 내가 이미 가지고 있는 흑인성보다 "더 흑인다워지라"는 요구는 가능한 한 "덜 백인다워지라"는 얘기였을 것이다. 그들은 내가 그들과 너무나 비슷하고 그들의 관점이나 준거 기준과 너무나 가깝지 않을까 우려했던 것일까? 외관상 나는 흑인이나 백인 누구나 인정할 흑인이다. 랠프 엘리슨은 '흑인성'을 "다른 그 무엇"이라고 설명했는데, 이 표현이 가진 기이한 특성, 기괴한 불가사의함은 나에게 상당히 많이 해당한다고 느껴졌다.

브루클린 고와누스 운하 근처 골목의 좁은 통로에서는 싸구려 레드와인을 마시면서 심령 사진, 해부학 비너스[15] 또는 그랑 기뇰Grand Guigno[16]에 대한 강의를 들으며 금요일 저녁을 보낼 수 있다. 나는 '세상에서 가장 슬픈 오브제'라는 강연회 안내에 흥미를 느껴 모비드 해부학 박물관으로 끌리듯이 갔다. 강연자는 에반 마이클슨으로 '옵스큐라 골

---

14 오레오는 검은 쿠키 사이에 흰 크림이 든 오레오 쿠키처럼 백인에 영합하는 흑인을, 게토는 특정 거주 지역처럼 폐쇄성을 유지한 흑인을 말한다.

15 18~19세기 해부학을 알리기 위해 분리할 수 있게 만든 밀랍 비너스 상.

16 살인이나 강간, 유령 등 그로테스크한 내용으로 관객에게 공포를 느끼게 하는 연극. 19세기 말 파리에서 유행했다.

동품과 기물^{奇物} 상점'의 주인이며 뉴욕 고스계의 원로 여성이었다. 나는 그 강연회에 정기적으로 참석했다. 하지만 전시실을 둘러보면 내가 갔던 대부분의 장소에서 그랬듯 흑인은 나 하나뿐이거나 많아야 두셋이었다. 여전히.

내가 이 프로젝트를 시작한 의도는 흑인 고스 씬scene을 조사하고 그것이 '백인'의 것으로 인식된 서브컬처의 일부가 되는 것이 어떤 의미인지, 전시실에 흑인이라고는 하나뿐이었을 때 두 배로 소외되는 세계를 탐구한다는 느낌이 어떤지를 알고 싶어서였다. 핫 토픽과 오바마 이후의 세상, 패럴 윌리엄스[17]가 흑인 너드도 멋지다는 느낌을 만드는 시대에 고스는 이슈가 되기라도 하는가? 얘기할 거리라도 있나? 그 후에 온라인에서 이런 제목의 기사를 읽었다. "고스는 과연 백인의 것인가? 포스트 펑크 씬에서 흑인을 나타내는 표지"(post-punk.com, 2017년 11월 30일), "흑인 괴짜라고 해서 백인이 되는 것에 흥미가 있다는 의미는 아니다."(헤더 존스, wearyourvoicemag.com, 2013년 10월 18일) 그리고 나는 YWCA에서 보냈던 그 여름 이후로 달라진 것은 별로 없다고 생각하기 시작했다. 그러고는 인터넷 게시판에서 다음과 같은 글로 시작되는 스레드를 보았다. "흑인 고스 극혐이다."

흑인 고스 남자애들 사진을 조롱하고 흑인 고스 여자애

---

17 세계적인 흑인 팝 뮤지션.

들의 섹시함을 평가하는 몇몇 댓글들이 이어진 뒤에 누군 가가 말했다. "그런데 왜 흑인 고스 애들은 다른 고스보다 더 우스꽝스러운 거야?" 이 글에는 단 하나의 답글만이 달 렸다. "흑인이니까. 농담 아냐. 아주 간단한 이유지."

백인 괴짜는 용인된다. 사회의 주류에서 밀려나 서브컬 처에 탐닉하고 전통적인 규범과 사회적 기대에 저항하는 무리에 가담하는 백인이 언제나 존재한다는 관념도 당연하 게 전제된다. 하지만 미국에서 흑인이라는 것은 이미 일종 의 괴짜이며 따라서 게시판의 무례한 답글은 그 비열하고 인종 차별적인 함축성에도 불구하고 어떤 의미에서는 옳 았다. 이미 소외된 집단에게 또 하나의 굴레를 씌우는 것은 '존중의 정치responsibility politics'[18]를 무색하게 하고 이른바 '진 짜 흑인'이라는 개념의 타당성에 의문을 제기한다. 이는 사 회적 규범에 순응하는 것이 꿈이고 목표이며 최종 목적이 라고 배워 왔지만 그것에 순응하지 않으려는 것이며, 단 한 번이라도 타자의 위치에 있어 보겠다는 의미이다. 정상성 을 갖추려 해도 받아들여지지 않은 채 오랜 세월이 지났다 면 이젠 그 정상성을 거부하는 것 자체가 이미 급진적인 선 택이 된다. 이상적인 기준의 미국인은 백인이라는 환상이 이어지고 있다면 흑인은 본질 자체로 그 환상을 거부한다.

---

18 소수 집단의 가치를 인정해야 한다는 담론으로 소수 집단 출신의 저명한 인물 이나 학자가 주장한다.

기준이라는 모든 관념을 완전히 거부하는 것은 이중의 비난이다. 빛이 목적이라면 고스는 어둠을 받아들인다. 흰색이 선과 순수, 문명화라면 고스는 검은색을 선택한다. 진지함이 자긍심을 나타낸다면 고스는 엉뚱함을 선택한다. 흑인다움이 불면증을 필요로 한다면 고스는 차라리 일부러 백일몽을 꾸려 한다.

하지만 흑인 고스는 백인 고스와 실질적으로 거의 동일하다. 케냐 나이로비의 고스는 뉴저지의 고스와 같은 복장을 한다(리넷 이가드와, 2013년 10월 18일, airobinews.nation.co.ke). 고스들은 일반적으로 같은 물건을 좋아하고 같은 음악을 듣는다. 이러한 것들이 결국 고스를 고스로 동일화한다. 예외는 있다. 고스들이 무대에 설 때 관객들 속에 마치 흰색 바탕의 검은 점 같은 소수의 고스가 있다. 그리고 백인 고스들과는 달리 그들은… 그렇다… 흑인이다.

2003년 제임스 스푸너는 〈아프로펑크Afro-Punk〉를 감독했다. 백인이 절대다수인 펑크 음악 분야에서 흑인이라는 존재가 어떤 의미인지에 관한 다큐멘터리다. 이 영화는 브루클린의 음악 페스티벌을 낳았고 '아프로펑크'는 애틀랜타, 런던, 파리, 요하네스버그에서 열리는 페스티벌과 함께 미술, 저널리즘, 행동주의를 포괄하는 세계적인 브랜드가 되었다. 아프로펑크 협회는 자신들을 "대안과 실험을 위한 플랫폼"이며 "아무도 글로 써 주지 않고, 환영받지 못하며,

귀를 기울여 주지도 않는 이들을 위한 목소리"라고 자처한
다. 오늘날 아프로펑크라는 현상에 관한 글은 넘쳐나고 사
진작가들이 브루클린의 코모도어 배리 공원에 몰려들어 찍
은 검은 극락조 무리[19] 사진은 패션 잡지와 블로그에서 환
영받는다. 아프로펑크 페스티벌에서 음악이 뒷전이 되고,
기업 후원은 그 목적에 위배되며, 페스티벌의 목적이 펑크
음악보다 사진이 중심이 되어 버렸고, 급진적 음악도 참가
시키겠다는 말은 점점 더 인사치레에 불과하게 되었다는
비판이 있다. 그렇기는 해도 아프로펑크 페스티벌은 흑인
의 '다름'과 자기표현을 위한 공간으로 유지되고 있으며 아
프로퓨처리즘[20], 블랙 댄디즘[21], 퀴어, 자연스러운 머리카
락과 일반적인 에리카 바두/FKA 트윅스(모두 흑인 가수) 스
타일과 흑인 고스의 미학이 무리 없이 어울리는 장소이다.

아프로고스 페이스북 그룹과 텀블러 피드가 급증하면
서 고스 디아스포라를 선보일 공간이 생겼다. 고스 디아스
포라는 코르셋과 뱀파이어의 창백함을 아프리카 스타일의
'부족' 보석, 해골로 장식한 땋은 머리, 비즈, 검은 얼굴에

---

19 코모도어 배리 공원의 아프로펑크 페스티벌에 몰려든 흑인들을 의미한다.
20 아프리카에서 온 예술 요소와 미래 요소를 융합하여 흑인이 주도하는 상상 속
    의 미래 세계를 그리는 미학.
21 흑인이 세련된 복장과 몸가짐으로 일반인에 대한 정신적 우월을 은연중에 과시
    하는 태도를 말한다.

찍힌 흰색 점의 패턴으로 대체함으로써 식민주의를 나타내지 않고도 고스를 표현하는 것이 가능하다는 것을 보여 주었다. 나는 흑인 소녀가 "나는 흑인으로 태어났으므로 고스다"라고 쓴 티셔츠를 입은 사진을 우연히 보았다. 처음에는 무슨 얘기인지 알 것 같아 빙그레 웃었지만, 이 참신한 티셔츠에 담은 것치고는 상당히 복잡한 개념이라는 생각이 머리를 스쳤다. '고스'와 '흑인' 사이에 등가성이 있는가? 단순한 검은색을 넘어서 '흑인'이라서 고스라는 것은 무슨 의미인가? 흑인은 본질적으로 고스인가?

대부분의 서브컬처는 유니폼이나 스타일, 언어, 자세처럼 사람들을 통합하고 '그들'에 대항해 '우리'의 정체성을 보여 주는 것들—내가 당신들 중 하나라는 것을 나타내는 규정되고 양해된 외관—을 가지고 있다. 하지만 복장은 바뀔 수 있고 화장은 지워질 수 있으며 자세는 흐트러질 수 있다. 고스는 느끼는 것이지 그 일부를 보는 게 아니다. 나는 빳빳한 흰색 버튼다운 티셔츠를 좋아하고 가끔 샴브레이 드레스를 입는다. 문장이 새겨진 반지statement ring를 손가락마다 끼기보다는 하나만 끼는 게 좋다. 가끔 검은색 옷을 입는 걸 빼면 내가 '고스'임을 보여 주는 것은 내 스스로 선언한 사실뿐이다. 하지만 내가 흑인임은 즉각적이고 명백하게 보이는 사실이므로 그 흑인성을 없애고 다른 무엇인가로 변할 수 없다. 따라서 레이첼 돌레잘이 그 반대로 생각했다면[22] 그건 오해다.

　내가 백인처럼 행동하는 흑인 아이라고 비난받았을 때나 대학 친구들로부터 최대한 "흑인답게" 행동하라는 요청을 받았을 때, 그들은 흑인의 개념을 자신들의 생각에 따라 변형해 평가한 것인데 나는 그중 어느 것도 아니다. 고스 미학의 특징은 분명하지만 흑인 미학은 그렇지 않다. 엘리슨은 주관성과 충돌하는 흑인 문화 이론을 통합해 이러한 긴장 관계를 "흑인성의 흑인성blackness of blackness"이라고 불렀다. 흑인성은 이미 대상화되고 과소평가된 상태지만 거기에 한정적 개념을 하나 추가하면(흑인+고스) 그 타자성은 두 배가 된다. 이 문제는 여기에서 논의하기에는 너무나 내용이 많다. 흑인보다 더 흑인다운 걸 찾는다면 고스보다 더 흑인다운 게 어디 있겠는가? 영화 〈이것이 스파이널 탭이다〉의 대사를 인용하자면, "없다". 이보다 더 흑인다울 수는 없다.

　고스(또는 주류에서 벗어난 펑크나 기타 서브컬처)는 사회 내부와 외부 모두에 존재한다. 비교 대상이 되는 다른 정상적 아이가 없다면 고스 아이들은 괴상하지 않다. 흑인성도 마찬가지다. 비교 대상인 비非 흑인성이 없다면 존재하지 않

22　레이첼 돌레잘은 백인 부모에게서 태어났음에도 자신이 흑인 여성이라고 주장하는 미국의 활동가이다. 저자는 돌레잘이 백인성을 버리고 흑인이 될 수 있다고 생각한다면 오해라고 말하고 있다.

는다. 고스와 흑인성은 모두 죽음에 대한 친근감과 미학적 애도, 인간 본성의 어두운 면에 대한 예민한 감지라는 종교적 죄악에 기초를 두었다는 점에서 수행적 유사성을 가지고 있다. 시인이며 학자인 프레드 모튼은 "흑인의 공연과 흑인의 급진주의"는 불가분이며 흑인성은 물건 취급당하는 것에 대한 태생적 저항에서 오고 "이것이 흑인 공연의 '본질'이자 흑인성 그 자체의 '본질'"이라 썼다. 타자성이 바로 흑인성이다. 사샤 젠킨스가 자신의 밴드 1865의 공연에서 말했듯, "흑인으로 태어난 이상 펑크록을 할 수밖에 없다."

고딕

이 책은 고스만을 다루지는 않는다. 고스는 너무나도 특정화된 용어이며, 내가 해당되지 않는 관련 내용이 너무 많다. 흑인의 고스는 대부분의 유령의 집 이야기에서는 찾아볼 수 없으며 따라서 우리는 그 기원으로 거슬러 올라가 그 교차점을 뒤로 돌려놓아야 한다. 고딕과 고스라는 단어는 각양각색의 사람들에게 서로 다른 의미를 가질 수 있지만, 나란히 달리다가 가끔 겹쳐지는 성질을 가지고 있다. 두 단어는 비슷한 골격 구조를 갖지만 미세하게 다른 몸체 속에서 서식한다. 기원은 문화적, 역사적으로 상이하지만 우울함, 섬뜩함, 멜랑콜리, 낭만이라는 동일한 이미지를 연상시킨다. 둘 다 장소나 시기 면에서 나머지 세상으로부터 다소 떨어져 있으며, 혐오감과 역겨움을 불러일으키는 것들에서 즐거움과 편안함을 느낀다. 가시 달린 줄기를 위해 장미꽃을 잘라 버린다.

고스는 하나의 음악 장르와 그에 연관된 서브컬처지만 고딕은 그 범위가 훨씬 넓다. 5세기의 바바리안족, 17세기 종교 개혁 이후의 정치 결사체, 또는 건축에서의 중세 복고주의 양식을 나타내는 단어일 수도 있다. 메리 셸리에서 스티븐 킹까지 이어지는 문학 장르이기도 하다. 서체의 한 범주이기도 한데, 얄궂게도 중세의 고딕체가 아니라 현대의 산세리프체이다. 성 패트릭 대성당과 매튜 그레고리 루이스의 소설 『몽크』는 고딕으로 분류되지만 패션 디자이너 알렉산더 맥퀸의 2007년 가을/겨울 컬렉션인 '1692년 세일럼에서 죽은 엘리자베스 하우를 추모하며' 또한 그러하다.

단어 '고딕'의 어원은 서기 410년에 로마를 약탈한 게르만 부족인 서고트족과 동고트족이다. 계몽 시대에 그리스와 로마의 고전 문화 양식이 부활했는데 이 양식에서는 모든 것이 이성적이고 교훈적이며 균형이 잡히고 조화로웠다. 로마는 문화 및 지성과 동일시되었고 고트족은 그 로마를 공격해 파괴했기에 '고딕'은 멸칭이 되었다. 고딕은 중세 시대, 미신, 초자연, 시대에 뒤진 것, 기이한 것에 대한 맹신과 동의어가 되었다. 뾰족하고 뼈대만 남은 것 같고 과도하게 장식적인 아치를 갖춘 고딕 건축 양식은 천박하고 야만적인 것으로 간주되었다. 고딕 소설의 신新 중세적 낭만주의는 낮은 수준으로 받아들여졌다.

　18세기 중반, 신고전주의의 합리성을 버리고 환상주의를 포용하는 새로운 낭만주의 문학이 등장했다. 과학적 이성의 따분한 예측 가능성은 불확실성에 몸을 맡길 때 생겨나는 전율을 주지 못했다. 1764년에 출판된 호레이스 월폴의 『오트란토 성』은 가족에게 내린 오래된 저주, 불행한 로맨스, 비극적인 죽음에 초점을 맞춘 중세풍의 작품이었다. 어두컴컴한 복도, 함정이 설치된 문, 수수께끼의 소음, 스스로 움직이는 그림에 대한 묘사가 완비된 이 작품은 최초의 고딕 소설로 간주되며 에드거 앨런 포에서 애니메이션 〈스쿠비 두〉까지 이어지는 이 장르의 분위기를 결정해 놓았다.

　고딕은 장르라기보단 하나의 양식이고 사고방식이며 스타일이라기보다는 감성이다. 고딕의 탄생지는 영국이지만 그 해석의 가변성을 열어 준 미학이 성립된 곳은 유럽에 한정되지 않는다. 어둑어둑한 하늘, 황량한 풍경, 낡은 건물은 영국에만 있는 게 아니고 이런 지형과 기후에서만 음산한 분위기가 만들어지는 것도 아니다. 어둠은 어디에나 있다. 심지어 숨이 막힐 듯한 한낮의 햇빛 속에서도 존재한다.

미국의 고딕

"내 이름은 파운틴 휴즈야. 버지니아주 샬럿에서 태어났지. 할아버지는 토머스 제퍼슨의 노예였어." 허먼드 노우드는 자신이 '파운틴 삼촌'이라고 불렀던 파운틴 휴즈와 인터뷰했다. 이 인터뷰는 공공사업진흥국WPA 프로그램의 하나로 1949년에 메릴랜드주 볼티모어에서 이루어졌다. 휴즈가 자신을 소개하고 잠시 말을 멈춘 사이, 녹음 테이프의 낮게 쉭쉭거리는 소리 위로 접시들이 부딪치는 소리가 들린다. 가끔 자동차 경적, 의자가 끼익거리는 소리도 들린다. 휴즈는 빚이 얼마나 무서운지, 그리고 자신이 어떻게 백한 살이 되도록 단 한 푼의 빚도 지지 않을 수 있었는지 설명한다. "돈을 벌기 전에는 쓰지 마. 흑인 중에는 그 반대로 하다가 빚더미에 앉는 놈들이 많지." 노우드가 휴즈에게 가장 오래전 기억이 언제인지 묻자 그는 이렇게 대답한다. "기억이 오락가락해. 멀쩡히 걸어 돌아다니던 때보다 이렇게 누워 있을 때의 일들이 더 많이 떠오르는구먼." 그는 어린애들의 신발, 그리고 열두 살 때까지 신발이라고는 한 켤레도 없었다는 기억의 실타래를 꺼내기 시작한다. 노우드는 누구 밑에서 일했느냐고 물어본다. "내가 노예였을 때 말인가?" 휴즈는 사람이 마치 가축처럼 사고 팔리던 노예 경매장 얘기를 했고, 자기 주인은 그리 나쁘지는 않았다고 말했다. 해방 후에 살아남기 위해 애썼던 얘기, 한뎃잠을 자야 했던 얘기, 교육도 받지 못하고 돈 한 푼, 집 한 채 없는 상태로 세상에 내던져졌던 얘기를 했다. 휴즈의 목소리는 점점 낮아지고 슬퍼졌다. 나는 인터뷰를 들을수록 그가 처음 빚 얘기를 했을 때 보여 주었던 활기와 열정이 떠올라 아쉬웠다. 녹음 상태는 깨끗했다. 목소리는 크게 잘 들려서 내가 지난 번에 휴대폰으로 참석했던 전화 회의보다 나았다. 파운틴 휴즈는 죽은 지 오래되었지만 마치 바로 지금 여기서 얘기하는 것처럼 들렸다. 그리고 나와 몬티셀로[23] 사이의 세월은 불과 몇 세대밖에 되지 않는다는 생각이 떠올랐다.

토머스 제퍼슨이 처음 아버지에게 물려받은 노예는 37명이었다(제퍼슨은 평생 노예 607명을 소유했다). 같은 해 월폴은 『오트란토 성』을 출간했다. 1764년에 미국 독립 혁명의 기운이 막 움트기 시작했지만 미국과 영국에서 노예 무역이 금지되기까지는 아직도 40년이 더 지나야 했다(브라질과 쿠바에서는 더 오래 계속되었다). 1818년 메리 셸리는 현대의 프로메테우스인 프랑켄슈타인을 세상에 내보냈다. 존 폴리도리는 최초의 신사 뱀파이어를 선보일 참이었고 노예 해방 운동가 프레드릭 더글러스는 노예로 태어났다. 미국의 자생적 고딕이 뿌리를 내리기 시작하며 우리 언어에 공포

---

23 토머스 제퍼슨의 사저.

라는 것을 알게 해 준 이야기들이 형태를 갖추기 시작했다.

노예 무역에 관한 담론을 읽다 보면 미국의 기원을 요약하는 단어로 '공포'만 한 게 없다는 생각을 한다. 앤 래드클리프에 따르면 공포의 본질적인 의미를 규정하는 속성은 "명백하게 보이는 잔혹성"이다. 래드클리프의 말은 동시대 고딕 작가들에 대한 평론에서 나온 것이지만 노예 무역을 표현하는 데 이보다 나은 표현은 떠올릴 수 없다.

미국에서 흑인성은 여전히 양극단 사이의 중간 지점에 있다. 현재를 살아가지만 과거를 짊어지고 있고, 인간이지만 다른 존재로 인식되며, 사람인 동시에 상품으로 간주되고, 미국인이면서 외국인이다. 이도 저도 아니다. 대부분의 고딕 이야기는 여행에서부터 시작한다. 『프랑켄슈타인』은 바다 여행에서부터 시작하는 서간문체 이야기이고, 『드라큘라』에서 하커가 자신의 해외 출장 세부 항목을 묘사하는 부분은 거의 공문서 수준이며, 『우돌포의 수수께끼』에서 여주인공이 마차를 타고 이탈리아의 언덕을 지나면서 풍경을 묘사하는 부분은 마치 여행 블로그처럼 읽힌다. 유령의 집으로 들어서는 입구를 지나든, 대서양을 건너든, 모든 공포 소설은 장소들 사이에 존재하는 아무것도 없는 공간, 즉 틈새에서 시작한다,

작가 세이디야 하트만은 "노예에 대한 가장 보편적인 정의는 '이방인'이다"라고 썼다. 낯선 땅에 들어선 이방인이

되는 것은 약점이 생겨나는 고전적인 방식이며 외부인에 대한 두려움은 공포의 표현 방식 중 일부라고도 했다. 초기 고딕 소설가들은 주인공을 자신들의 계몽된 성공회 국가 영국에서 멀리 있는, 고대의 미신이 아직 성행하는 가톨릭 국가들에 배치시켰다. 『몽크』의 무대는 스페인이고 『우돌 포의 수수께끼』는 이탈리아이며 『드라큘라』는 영국과 동유 럽 사이를 왔다 갔다 한다. 도시 출신의 순진한 관광객들이 숲속에서 길을 잃는 이야기나 외국에 나온 자타공인 꼴불 견 미국인을 다룬 신작 영화는 거의 매해 개봉하는 느낌이 다(〈서바이벌 게임〉, 〈호스텔〉, 〈블레어 윗치〉). 이러한 작품에서 등장인물들은 자신들에게 친숙하고 통제할 수 있는 환경에 서 (대부분 자발적으로) 벗어나 익숙하지 않은 관습, 장소, 언 어가 지배하는 낯선 곳으로 들어선다. 노예로 잡혀 강제로 고향을 떠나 아프리카, 카리브해, 미국 사이의 정신적 버뮤 다 삼각지대로 끌려와야 했던 아프리카인에게는 무력감이 함께 따라왔다. 살아남은 사람들에게는 삶과 죽음, 이곳과 저곳, 아는 것과 모르는 것 사이에 존재하는 지상의 연옥처 럼 느껴졌을 게 분명하다. 연옥은 천국과 지옥 사이에서 기 다려야 하는 어떤 장소이다. 그러나 동시에 망각과 무(無) 의 상태를 나타내기도 한다. 과도기인 동시에 갇힌 장소이 며 사라진 사람들의 고향이기도 하다.

미들 패시지[24]는 '비非 장소non-place'이며 땅과 언어 사이에서뿐만 아니라 세계에 대한 인식과 존재 상태 사이에 있는 두려움의 공간이다. 한 사람의 역사, 문화, 정체성, 자율성에 대한 혼란이며 친숙한 옛것과 무서운 새것 사이에 존재하는 두려운 임계점이다. 유럽-아프리카-미국-서인도제도로 이어지는 노예 무역 경로는 어디든 한 달에서 석 달 정도 걸렸다. 그동안 수백 명의 아프리카인은 노예선 안에서 알아들을 수 없는 말을 하는 옆 사람과 사슬에 묶여, 찌는 듯한 열기와 숨 막히는 공기 속에서 자신들의 배설물 위에 앉은 채로 짐짝처럼 실려 갔다. 일부는 세균성 이질, 탈수증, 영양실조로 쓰러졌고 절망에 빠져 아무것도 먹지 않으려는 이들도 있었으며 어떤 사람들은 조상들이 묻힌 고향으로 돌아가기 위해 내세에서 벌을 받을 위험을 감수하고 배 밖으로 몸을 던졌다.

뉴욕의 유엔 본부에는 (우아하다고 할 수 없는 이름의) '국제노예 제도 및 대서양 노예 무역의 희생자 추모의 날'이라고 새겨진 추모비가 있다. '귀환의 언약궤The Ark of Return'는 아이티계 미국인 건축가인 로드니 리온이 디자인했다. 추모비에는 흰색 대리석 수의(壽衣)에 싸여 등을 대고 누운 한 남자의 모습이 짐바브웨산(産) 화강암으로 조각되어 있다. 남자가 비스듬히 누운 모습은 편안하지 않다. 왼팔은 쭉 펴

---

24   애틀랜타에 있는 노예 경매장.

고 고개를 세우고 있느라 목에 힘을 주고 있다. 이 자세는 노예선 바닥에 깔린 노예가 거의 움직일 수 없는 상태에서도 위를 향해 손을 뻗고자 하는 것을 암시한다. 가만히 편안하게 누운 모습으로 묘석에 새겨진 다른 사람들과는 달리 이 추모비의 인물은 굴복하지 않거나 일어나려는 모습이다. 이 조각의 의도는 "불명예를 배우고, 인정하고, 돌아봄으로써 치유되는 장소로 방문자를 심리적, 영적으로 이끄는 것"이지만 이 남자의 모습에는 비극적인 면이 있다. 남자는 노예선을 연상시키는 묘석 모양의 각진 구조물 안에 누워 있다. 손은 그저 미약하게 내뻗었으며 고개를 들었지만 대리석 안에 얼어붙은 듯 굳어 있다. 이 자세는 꿈에서 깨어나려 하지만 일어날 수 없는 마비 상태를 시사한다. 그는 아직 죽지 않은 채 추모비 안에 갇혀 있다.

미들 패시지에서 일어난 이러한 죽음들이 공포스러운 이유는 바로 기억의 부재에 있다. 이들은 알려지지 않고 이름도 없이 사라져 강제로 유령이 될 수밖에 없었던 죽음들이다. 우리는 결코 그들의 이야기를 들어볼 수 없고 그들을 절대 알지 못할 것이다. 그들은 대서양이라는 무명인無名人 묘지에서 길을 잃었다. 유령이 출몰하는 장소라고 하면 우리는 어떤 건물이나 뚜렷한 경계선이 있는 일정 구역을 떠올린다. 바다는 유령이 출몰하는 장소가 될 수 있을까? 형태도 없이 밀려 왔다가 밀려 가고 경계선도 없는 곳에서 유령은 어떻게 살까?

디트로이트 일렉트로닉 밴드인 드렉시야Drexciya는 네 장의 앨범을 모은 〈심해 거주자의 여행Journey of Deep Sea Dweller〉에서 바닷속 나라라는 신화를 상상했다. 이 나라에는 임신한 채 노예선에서 몸을 던진 아프리카 여성들이 낳은 아이들이 산다. 아이들은 엄마의 자궁에서부터 물속에서 숨 쉴 수 있게 적응했고 노예 농장과 감옥 아래 수백 미터 바닷속에 사는 해저 흑인들의 사회를 이루었다. 아틀란티스와 〈블랙 팬서〉의 와칸다가 교차하고 고딕의 복고적 낭만주의에 '만약'이라는 추측이 가미된 이상적인 개념이다. 죽은 이들의 자손이 자신들만의 세계를 창조한 것이다. 나는 '귀환의 언약궤'에 있던 흑인이 대리석 묘지를 깨고 나와 이스트 리버 위를 흘러 JFK 공항의 비행기들을 피해서 바다 너머 고향으로 돌아가는 모습을 상상할 수 있었다.

남부 고딕

고딕은 분위기 못지않게 장소가 중요하다. 영국의 안개 낀 거리, 루마니아의 산, 일본과 독일의 귀신 들린 숲…. 모든 나라에는 그 나라만의 유령이 있다. 미국의 고딕이라고 하면 전형적으로 두 가지가 떠오른다. 금욕주의적 농부와 아내를 그린 그랜트 우드의 그림, 그리고 남부 고딕이다.

나는 남부 사람이 아니다. 북동부에서 자란 중서부 사람이고 내 지인들은 캔자스, 인디애나, 오하이오 출신이다. 목화밭보다는 밀밭이 친숙하다. 가방에 핫소스를 가지고 다니지 않고, 기온이 24도를 넘어서면 슬슬 짜증이 나기 시작한다. 남부연합기가 펄럭이는 걸 처음 본 건 예일대 시절 누군가의 기숙사 창문에서였다. 그리고 2016년에 비욘세의 뮤직비디오 '포메이션Formation'이 나왔을 때, 남부에서 자라서 HBCU(흑인 대학)에 다녔으면 좋았겠다는 생각을 아주 잠깐 했다. 비욘세의 음악에는 별로 관심이 없었지만 멋진 헤어스타일에 〈먼지의 딸들Daughters of the Dust〉[25]에 나오는 새하얀 빅토리아풍 드레스를 입고 에어컨도 없는 더운 방에서 흐릿한 불빛 아래 느긋하게 앉아 느릿느릿 부채질하는 흑인 여성들의 이미지는 부러웠다. 나는 남부 지방 흑인 공동체의 일원이었던 적이 없었고 쫓겨난 느낌이었다.

비욘세는 검은 롱코트에 나비넥타이를 맨 멋쟁이 남자들을 양옆에 두고 허리까지 내려오는 긴 땋은 머리를 흔들며 대농장 현관 한가운데 서 있다. 낡은 흰색 기둥 위로 포도 덩굴이 기어 올라가고 머리 위 천장에는 나뭇가지 모양의 촛대가 흔들리고 방문객을 환영하는 물병이 홍차 카트 위에 놓여 있다. 그녀는 어깨를 드러내는 긴 검은색의 레이스 드레스를 입고 여러 겹으로 된 두꺼운 은목걸이를 마치

---

25 줄리 대시 감독의 1991년작. 흑인 여성 감독 최초의 전국 개봉 작품.

은데벨레 족[26] 초커처럼 바짝 올려 걸고 있다. 머리에는 눈을 완전히 가릴 정도로 크고 챙이 넓은, 마녀를 연상시키는 검은 모자를 쓰고 있다. 마치 우리는 그녀를 볼 수 없더라도 자신은 우리를 볼 수 있으며 마녀 팝스타처럼 힘을 휘두를 수 있다는 것을 시사하는 듯하다. 야생 초목들이 자라는 낡은 집, 과장된 구시대 양식에 전부 검은색인 옷, 크고 검은 모자는 모두 일반적인 고딕 미학이지만 "흑인의 생명도 소중하다Black Lives Matter"는 필터로 거른 것이다. 시각적으로는 남부 고딕의 감성으로 가득하지만 공포와 죽음에 관한 흑인의 관점이 특별히 동반되어 있다. 트레이본 마틴, 마이클 브라운, 에릭 가너의 엄마들은 경찰에게 살해당한 아들의 사진을 들고 있고, 뮤직비디오는 수상한 비행 청소년으로 의심받는 의상인 후드티를 입은 어린 흑인 소년의 모습과 함께 끝난다. 소년은 진압 장비를 착용하고 집결한 백인 경찰관들 앞에 서 있는데, 경찰관들은 손을 들고 항복하고 있다. 화면은 스프레이 페인트로 "우리를 쏘지 마"라는 문구가 쓰여진 벽으로 전환된다.

비욘세의 흑인성은 나와 다르며 지리적으로 메이슨─딕슨 라인[27]에 가까울수록 더 진짜배기 흑인이라는 낭만적인 주장에 동의하지 않는다. 하지만 미국 흑인의 역사는 겉으

---

26 Ndebele. 남아프리카의 흑인 부족. 화려한 의상, 장신구, 벽화로 유명하다.

27 펜실베이니아주와 메릴랜드주 사이의 경계선.

로는 그렇게 보일 수 있다. 딥 사우스Deep South[28]는 미국 흑인성의 심장이며 독특하고 미국적인 미술과 음악의 원천이다. 레지나 N. 브래들리 박사는 이 점을 잘 설명했다.

비욘세의 '포메이션'을 봤을 때 나는 어떤 사람들은 뿌리 깊은 관념 중 일부를 내보일 거라는 생각이 바로 들었다. 편견, 혈통에 대한 두려움, 유실된 족보 같은 쓰레기들 말이다. 사람들은 자신의 뿌리 깊은 관념이나 실수가 드러나는 걸 좋아하지 않는다. 비욘세는 모든 사람의 실수, 파라솔, 모기에게 물린 상처를 보여주고 오래된 마법을 구사한다. 두렵다. 완전한 고딕이다. 다시 말해 당신이 혈통적으로든, 입양되어서든, 아니면 핫소스를 좋아해서든 어쨌든 남부인이라면 뿌리 깊은 관념은 언제나 드러난다. 숨겨야 할 이유가 없기 때문이다.

전통적인 고딕 분위기는 안개 낀 어둠과 영국적 눅눅함이지만 남부 고딕의 그것은 찌는 듯한 습기와 눈을 못 뜰 정도로 강렬한 햇빛이다(프레드 보팅,『고딕: 새로운 주요 양식』, 1955). 남부 고딕은 외딴 산에 있는 낡은 성의 어두운 복도를 발끝으로 걸어가는 대신 한 손에는 부채를, 다른 손에

---

28 미국 남부 여러 주 가운데 특히 루이지애나, 미시시피, 앨라배마, 조지아, 사우스 캐롤라이나 다섯 개 주를 말한다(아칸소와 플로리다 두 개 주를 포함시키는 경우도 있다). 흑인이 많이 살고 있다.

는 버번위스키 한 잔을 들고 베란다 흔들의자에 앉는다. 고 딕 소설에 출몰하는 망령들은 유령, 뱀파이어, 되살아난 시 체가 아니라 인종 차별주의, 억눌린 죄책감, 사회적 따돌림, 주류에서 밀려난 결과물인 괴짜들이다.

　남부 고딕이라는 단어를 처음 들었을 때 머릿속에 명확 하게 떠오르는 그림이 있다. 테네시 윌리엄스의 희곡에서 게이 남편이 한 손으로는 목발과 씨름하고 다른 손에는 위 스키를 들고 있는 옆에서 '고양이 매기'[29]가 흰색 슬립을 핀으로 고정하는 장면과 목화씨 빼는 기계를 소유한 부자 로, 열아홉 살 처녀와 결혼한 중년 남자 아치 리[30]의 모습 이다. 리의 아내는 아직도 엄지손가락을 빨고 유아용 침대 에서 잔다. 남부 고딕은 어둡고 은밀한 장소와 가족의 비밀 에 관한 이야기를 들려주는 노파의 이미지, 포크너가 말한 "과거에 번성했으나 몰락한 왕조… 자신도 모르게 유령의 집을 지은 사람들"을 연상시킨다. 남부 고딕은 수많은 죄악 과 비밀에 둘러싸인 지저분한 시골 마을과 버려진 대농장, 골칫거리 부적응자와 악당의 불쾌한 기운을 떠올리게 한 다. 남부 고딕은 노예 해방이 이루어진 남부에서 태어난 소 설 장르로, 인간의 본성은 괴물이라는 그로테스크한 이야 기이며 내레이터와 스토리텔러는 백인인 게 보통이다.

29　〈뜨거운 양철지붕 위의 고양이〉의 주인공 매기를 말한다.
30　엘리야 카잔 감독의 1956년 영화 〈아기 인형Baby Doll〉의 주인공.

노예제 시대 이후의 경제 침체에 대한 공포는 목가적인 딕시랜드[31]의 이미지를 산산조각 내고 오래된 전통과 북부인들이 이해하려 하지 않을 '생활 방식'이라는 수치스러운 분위기를 다시 불러냈다. 영국 고딕의 원천이 과거에 대한 낭만화라면 남부 고딕은 남북전쟁 전의 딕시랜드에 대한 격하가 기원이다. 〈바람과 함께 사라지다〉에 등장한 타라 농장의 색채는 바래고 그 열정적인 빛을 잃으면서 더 어두운 멜로드라마를 드러냈다.

벽장과 벽

덴마크에는 '휘게hygge[32]'가 있고 일본에는 '와비사비わび さび[33]'가 있다. 그 나라의 고유한 특질을 표현하는 단어로 번역이 쉽지 않다. 이와 비슷하게 미국에도 우리만의 특질이 있다. 불안감, 우리 나라의 기초에 있는 어둠에서 유래하는 지속적이고 으스스한 아우라인데 아직도 이름이 붙어 있지 않다.

---

31 남북전쟁 전의 남부 여러 주, 특히 뉴올리언스를 말한다.
32 편안함, 따뜻함, 아늑함, 안락함을 뜻한다. 가족이나 친구와 함께 또는 혼자 보내는 소박하고 여유로운 시간, 일상 속의 소소한 즐거움이나 안락한 환경에서 오는 행복을 뜻하는 단어로 사용된다.
33 훌륭한 상태에 대한 열등한 상태를 뜻하는 말로, 불완전함의 미학을 나타내는 일본의 문화적 전통 미의식 또는 미적 관념의 하나이다.

미국의 호러 영화가 아직도 "고대 인디언 매장지 위에 지어진 유령의 집"이라는 낡고 신물 나는 수사법을 사용하는 데는 이유가 있다. 미국은 여기에 처음 살았던 갈색 피부 사람들의 뼈 '위에', 자기 의사에 반해 끌려온 흑인들의 노동력에 '의해' 세워졌기 때문에 보복당할 것이라는 두려움은 사실이 된다. 하지만 무엇보다도 우리가 획득한 것은 부당하지 않으며, 노예 제도는 그렇게까지는 나쁘지 않았고 이것은 모두 다 오래전 일이라 이제 극복되었다는 지속적인 자기기만이 있다.

고딕은 낭만주의의 퇴행적 양식이다. 하지만 미국은 미래를 바라보는 나라다. '명백한 운명Manifest Destiny[34]'은 지평선의 어떤 이상화된 지점을 향한 투영도이며 우리는 거기까지 가면서 밟아온 추악한 길을 떠올리는 걸 좋아하지 않는다. 이 미국 특유의 불안감—과거가 언제든 드러날지도 모른다는 긴장된 불안—에 적절한 이름이 붙여지길 바란다. 마룻바닥 아래에서 들리는 약한 심장박동 소리, 벽에서 나오는 악취 나는 찐득찐득한 진물, 벽 뒤에서 들리는 비명, 살인을 저지르고 도주하면서 생긴 곪아가는 죄의식에 대한 이름이 붙여져야 한다. 섬뜩함은 '은밀하게 숨겼지만

---

[34] 19세기 중후반 유행한 이론으로 제임스 매디슨이 미 대통령으로 재임할 당시 뉴욕의 저널리스트 존 오설리번이 처음 소개하고 공화당 매파(Warhawks)에 의해 널리 퍼졌다. 미국은 북미 전역을 정치·사회·경제적으로 지배하고 개발할 신의 명령을 받았다고 주장하며 팽창주의와 영토 약탈을 합리화했다.

발각될 것'(닉 그룸, 『고딕: 아주 짧은 소개』, 2012)이라고 생각했을 때 생긴다. 발각될 것이라는 두려움, 책임을 져야 한다는 공포를 나타내는 용어는 무엇일까? '벽장 속 해골skeleton in the closet'이라는 구어 표현은 내가 나왔던 벽장이고, 유전병을 다룬 1816년의 영국 신문까지 거슬러 올라가는 명백한 기원이 있다. "사람들은 진실이 드러난 후에 조사를 당할지도 모른다고 두려워한다. 벽장에 있는 해골을 감추거나 벽장에서 빠져나오는 걸 막으려고 조심에 조심을 거듭한다."

우리는 '벽장 속 해골'이라는 단어를 '드러나면 나쁜 영향을 미치는 숨겨진 사실'—깨끗하고 멋지다고 생각되었던 것을 더럽히는 추악한 진실—을 설명하는 데 사용한다. 이 단어에는 공포의 요소가 하나 있다. '뼈만 남을 때까지 숨겨진 채 썩어가는 시체'이다. '벽장 속 해골'의 다른 버전은 19세기 후반에 사용되었는데 바로 '나뭇더미 속 깜둥이'이다. 원래는 지하 철도 조직Underground Railroad[35]에서 도망 노예를 장작 아래 숨겨 두었던 것을 의미했다. 미국의 곪아가는 부패의 원천은 최초의 해골인 노예이다.

공포는 문화적 불안감을 밝혀내고 우리의 집단적인 두려움을 표현하는 데 사용되어왔다. 그렇다면 미국의 고딕을 형성하는 것은 무엇인가? 그 기반부터 본질적으로 문화

---

35 남북전쟁 전 노예 탈출을 도왔던 비밀 조직.

적 불안감을 반영하는 장소는 어디인가? 문 앞에 보이는 적에 대한 공포는 이해할 수 있다. 하지만 미국에서는 그 적이 이미 문을 통과해 안으로 들어왔다. 비명은 집 안에서 들려온다.

고딕은 무덤을 파헤치고 칠흑 같은 어둠 속으로 걸어 들어가 공포와 유령 이야기를 통과하여 트라우마를 예술로 변화시킨다. 과거는 문학, 음악, 영화, 미술에 있는 구멍으로부터 마치 역사적 심령체心靈體처럼 흘러나온다. 고딕은 고통을 견디고 두려움에 맞서는 방법을 제공해 우리 자신의 언어와 방식으로 잔혹성을 미학으로 만들어 낸다. 그렇다면 흑인의 트라우마는 어떤 모습인가? 어떻게 들리는가? 어떤 티셔츠가 시사하듯 '고스다움'이 '흑인성'에 의해 정량화될 수 있다면 미국의 고딕은 존재론적으로 흑인인가?

택시 기사는 스프링 가든 아파트 앞에 차를 세웠고 나는 휴대폰 화면과 길가를 번갈아 두리번거렸다. 나는 자유의 종, 독립기념관, 기타 필라델피아에 있는 표준적인 역사적 명소로부터 먼 곳에 와 혼자 생각했다. "에드거 앨런 포가 아파트에 살지 않았다는 건 알고 있어." 나는 왼쪽에 줄지어 서 있는 똑같은 모양의 건물들과 비계飛階로 완전히 뒤덮인 커다란 벽돌집을 보고 나서야 제대로 찾아왔다는 걸 깨달았다. 빽빽하게 격자무늬를 이룬 철골과 파란색 천막지 뒤에 정말로 에드거 앨런 포 국립 사적지가 있었다. 포가 1837년부터 1844년까지 펜실베이니아주 필라델피아에서 살았을 때 거주했던 집이다.

9학년 때 영어 선생님이 오래된 포 작품집을 주셨다. 오래전에 잃어버리기는 했지만 붉은색 표지는 해지고 종이는 누렇게 변한 그 책을 약간 경외감을 가지고 받았던 건 기억난다. 비싼 건 아니었지만 그 낡은 책은 대형 서점에서 바로 산 것과는 달리, 대물림되거나 우연히 발견된 것처럼 특별하게 느껴졌다. '갈까마귀'는 내가 처음으로 (그리고 유일하게) 암송한 시였다.

미국 고딕에 수호성인이 있다면 에드거 앨런 포일 것이다. 「구덩이와 추」, 「고자질하는 심장」, 「어셔 가의 몰락」, 그리고 당연히 '갈까마귀'는 마크 트웨인이나 월트 휘트먼과 어깨를 나란히 하는 미국 문학의 정전(正典)이다. 포의 늘어진 머리카락, 넓은 이마, 움푹 들어간 눈은 티셔츠, 포스터, 토트백, 머그컵, 연하장을 장식하고 있으며, 내 책상에는 포의 캐릭터 인형이 있다. 애니메이션 〈사우스 파크〉의 '포저의 새벽Dawn of the Posers' 에피소드에서 꼬마들은 점점 유행하는 이모스[36]에 대항하기 위해 뱀파이어 아이들과 예상 외의 동맹을 맺는다. 아이들은 궁지에 몰리자 필사적으로 에드거 앨런 포의 유령을 소환해 도움을 청한다. 포의

---

36 검은 옷, 피어싱, 록커 헤어스타일, 스모키 화장 등 고스 느낌도 있는 우울한 중2병 스타일의 청소년.

유령은 고스, 이모스, 뱀파이어 아이들 위를 부유하며 그들 모두가 '포저poser[37]'라고 선언한다.

　포는 1809년에 태어난 백인이었고, 따라서 미국 역사에 등장하는 대부분의 명사들과 '영웅들'과 마찬가지로 문제가 많았다. 북부인인 동시에 남부인이었고—보스턴에서 태어나 버지니아에서 살았다—뉴욕, 필라델피아, 메릴랜드에서 살며 작품을 쓰다가 죽었다. 하지만 어떤 사람이 북부 또는 남부와 관련 있다고 해서 자동으로 한쪽이 부각되고 다른 쪽은 배제되는 건 아니다. 우리는 포 가족이 적어도 한 사람의 노예를 소유하고 있다는 사실을 안다. 포가 가족을 위해 노예 한 명을 팔았기 때문이다. 포의 유일한 장편 소설인 『낸터킷의 아서 고든 핌 이야기』에서 흑인과 아메리카 원주민 캐릭터들은 흉포하고 피에 굶주린 야만인들로 묘사된다. 「검은 고양이」나 「황금 벌레」는 노예 반란에 대한 공포의 은유로 읽혀 왔다. 포는 흰색을 순수함을 암시하는 것으로, 검은색은 기괴함으로 보아 끊임없이 극찬했다. 그리고 그 오만하고 거대한 검은 새 '갈까마귀'가 있다. 포에게는 H. P. 러브크래프트가 가진 노골적인 외국인 혐오는 없었지만 죄의식과 함께 초래된 유동적인 불안감이 있었고 이는 미국의 호러에 좀 더 적합해 보인다. 포의 불안감은 미국인 특유의 것이며 이 잠자는 거인과 그 영

37　'가짜'라는 의미가 있다.

향에 대한 경계이다. 토니 모리슨은 그 로망스(또는 고딕)가
다음과 같은 것을 표현한다고 썼다.

> 따돌림당하거나 무력해지는 것에 대한 미국인의 공포, 무방비한
> 상황에 대한 공포, 억제되지 않은 채 공격을 준비하려고 웅크리
> 고 있는 자연에 대한 공포, 이른바 문명이란 것이 부재하는 것에
> 대한 공포, 고독에 대한 공포, 외부와 내부의 공격에 대한 공포
> 를 표현한다. 간단히 말해, 미국인들이 무엇보다도 갈망하는 인
> 간의 자유에 대한 공포이다. (로망스는) 교훈화와 우화화, 폭력,
> 극단적인 의심, 공포, 그리고 공포가 가진 가장 중요하고 과시적
> 인 요소를 위한 무대를 제공해 준다. 바로 어둠이다. 어둠은 모
> 든 함축적인 가치와 함께 깨어난다.

「고자질하는 심장」, 「검은 고양이」, 그리고 「어셔 가의 몰
락」은 모두 주제가 비슷하다. 살인을 저지르고 도망치려는
것, 그리고 그 사실을 부인하는 것이다. 죄의식이 이 주인
공들 주위에 출몰해 그들을 미치게 만들고 이 광기는 몰락
을 초래한다. 집으로 데려와 기르게 된 검은 고양이는 분노
의 중심 대상이 된다.

> 나는 마음 깊이 후회의 눈물을 흘리며 고양이 목에 올가미를 씌
> 워 나뭇가지에 매달았다. 녀석이 나를 사랑한다는 사실을 알기
> 때문에, 내가 화를 낼 어떤 구실도 녀석이 주지 않았다는 걸 느

껐기 때문에 매달았다. 녀석을 매달음으로써 나는 죄를 짓는다는 사실을 알았기 때문에 그렇게 했다.

벽은 포가 시체를 숨기는 단골 장소이다. 포는 시체를 가까이에, 우리가 가장 안전하고 위험이 없다고 여기는 집의 구조 속에 숨긴다. 하지만 시체는 벽의 회반죽 너머, 침대 머리맡에서 코 닿을 거리에 있다. 포의 작품 속 주인공들은 자신들의 희생자와 함께 살고 그들을 보이지 않게 숨기고는 자신들이 한 짓을 잊으려 애쓰며 일상을 살아가려 한다. 주인공은 "평온하게 곤히 잤다. 아, 영혼에 무거운 짐을 지고서도 잠이 들었다." 「고자질하는 심장」과 「검은 고양이」 두 작품 모두에서 살인자는 특권층만이 가질 수 있는 일종의 동료 의식으로 경찰관을 당당하게 맞이하고 집으로 들어오게 한다. 하지만 주인공들은 죄의식에, "끔찍한 심장 박동 소리에", "절반은 공포로 절반은 환희로 울부짖는 비명"에 고통스러워한다. 포의 미국에서 그들은 죄의식을 피하지 못한다.

실화에 기초함

흑인은 미국 고딕에 적합한 주제이다. 우리는 아직 그들의 그림자에서 빠져나오지 못했고, 우리의 주제는 빛과 확신의 땅에 있는 어둠과 기괴함의 문학이다.

_레슬리 A. 피들러, 『미국 소설에서의 사랑과 죽음』

지나간 일은 사라지지 않는다. 심지어 '지나가지도' 않았다.

_윌리엄 포크너, 『어느 수녀를 위한 레퀴엠』

이 이야기는 실화다. 열 살 또는 열한 살 즈음이었을 때의 어느 늦은 밤, 나는 아직 잠들지 않은 채 침대에 누워 있다가 커다란 검둥개가 내 방을 가로질러 밖으로 나가는 걸 보았다. 우리 집에는 개가 없었다. 나는 곧바로 일어나 방을 나가 부모님 침실로 갔다. 거기서 흘깃 내려다보다가 흰색 셰퍼드처럼 보이는 무언가가 욕조 안에 웅크리고 있는 걸 발견했다. 나는 "아빠, 집에 개가 있어!"라고 속삭이며 아빠를 흔들어 깨웠다. 아빠는 잠이 덜 깬 채 일어나 찾아봤지만 개가 들어온 흔적은 없었다. 아빠는 내가 꿈을 꾼 것이라며 안심시켰지만 나는 개를 보았다고 확신하며 침대로 돌아갔다. 며칠 뒤 엄마는 어느 날 밤 곤히 잠들었다 깼는데 작은 강아지 무리—치와와, 요크셔테리어, 포메라니안—가 머리 위에서 원을 그리며 맴도는 게 보이더라고 나에게 털어놓았다. 나는 우리가 이사 오기 오래전에 화재가 일어났다는 사실을 알고 있었다. 나는 이 집이 전에는 동물보호소나 동물병원이었고 불길 속에서 죽어간 개들의 유령이 이제 우리 집에 나타나고 있다고 확신했다.

나는 어렸을 때 디즈니 애니메이션을 보지 않았다. 부모님은 내가 백마 탄 왕자/잠자는 숲속의 공주 같은 쓰레기에 세뇌되는 걸 원치 않았고 당시엔 흑인 공주가 없었다. 월트 디즈니에 대해 처음 배운 사실은 "그는 파시스트였다"로 기억한다. 어쨌든 나는 그런 종류의 판타지에 흥미가 없었다. 사후세계, 귀신, 유령, 유체이탈, 그 외 타임 라이프 사의 〈미지의 미스터리Mysteries of the Unknown〉 책 시리즈에 나오는, 의심쩍지만 그럴듯한 판타지에 훨씬 더 매혹되었다.

나는 산타클로스를 절대 믿지 않았다. 산타클로스는 선량함, 선물, 즐거움 같은 것들의 상징이라고 들었지만 빨간 옷을 입은 수염투성이 뚱보는 우리 집 굴뚝 안으로 내려오려 하지 않았다. 내가 진실을 알았는지 여부는 중요하지 않다. 나는 여전히 산타를 위해 쿠키와 우유를 준비했고 흥분과 기대를 품고 잠자리에 들어 썰매 종소리가 들릴까 귀를 기울였다. 진실을 안다고 해서 크리스마스를 망친 건 아니었다. 나 스스로 믿기로 했기 때문이다. 나는 그날은(딱 그날만) 산타가 정말 있다고 믿기로 결심했다.

호러는 독자에게 자신들을 믿으라고 으레 요청하는 허구적인 장르이다. 전형적인 유령의 집 이야기인 『오트란토 성』은 1764년에 작자 미상으로 발간되었다. 서문에서는 1592년에 발견되었지만 1095년에서 1243년 사이에 집필된 것으로 보인다고 주장했다. 날짜는 특정하면서도 기원이 불확실하다고 인정함으로써 그럴듯한 분위기를 낸다. 문헌상 증거가 있는 실제 이야기일 수도 있다는 가능성으로 인해 매력은 더해졌다. 하지만 책이 베스트셀러가 되고 나서야 작가—고딕 부흥론자이고 의회 의원이며 영국의 첫 총리의 아들인 호레이스 월폴—가 모든 걸 창작했다는 것이 밝혀졌다(월폴은 'gloomths'라는 용어도 만들었다. 그 발음만 아니었다면 확실히 고스보다 고딕 감성에 대한 더 정확한 표현이다). 월폴은 2판에서 『오트란토 성: 고딕 이야기』란 부제를 추가했고, 호러의 공식은 그렇게 탄생했다.

토드 후퍼의 1974년 고전 호러 영화도 이와 비슷한 서두로 시작한다.

여러분이 보게 될 영화는 다섯 명의 젊은이들 무리에게 닥친 비극적인 이야기이다(…) 그날의 사건은 미국 역사상 가장 기괴한 범죄의 기록을 발견하는 것으로 이어진다. 바로 텍사스 전기톱 학살이다.

우리는 이제 이것이 흥분을 고조시키고 공포를 배가시키기 위한 기법(〈블레어 윗치〉에서 완벽하게 구현되었다)임을 안다. 그러나 이 기법은 언제나 우리에게 그중 일부는 분명 사실이라고 단정 짓게 만든다. 사람의 두개골을 침대 기둥으로 쓰고 여성의 젖꼭지로 허리띠를 만들었던 실제 인물인 에드 게인은 〈사이코〉의 노먼 베이츠와 한니발 렉터는 물론이고 전기톱을 휘두르는 레더페이스Leather Face 캐릭터에 영감을 주었다. 〈엑소시스트〉와 〈아미티빌 호러〉는 실제처럼 보이는 사건들을 주워 모은 것이다. 모든 전설은 좁쌀만 한 진실에서 시작하지 않던가? 우리는 불신을 잠시 미뤄두고 혹시, 정말 혹시 유령과 괴물이 실제로 존재할 수도 있고 세상에는 우리의 힘과 이해의 범위를 넘어선 무언가가 있으며 우리는 생각만큼 안전하지 않을 수도 있다는 사실이 주는 작은 전율에 즐거워한다.

사람들 대부분은 좀비와 뱀파이어가 존재하지 않는다는 것에는 동의할 것이다. 하지만 "유령을 믿나요?"라는 질문에 그렇다고 말할 수 있는 사람은 얼마나 될까? 용감무쌍한 초자연 현상 조사관 부대가 야간 투시경과 EVPElectronic Voice Phenomena 녹음기로 무장하고 유명한 유령의 집에 들어섰다가 이상한 소리나 떠다니는 구체球體에 놀라 펄쩍 뛰는 모습을 보여 주는 유령 사냥 '리얼리티' 예능은 수없이 많다. 사후세계의 증거를 찾으려는 작업은 수 세기 전으로 거슬러 올라간다. 우리는 영혼의 중량을 측정하려 해 봤고, 사랑하는 이들의 흐릿한 이미지를 사진으로 캡처했으며, 죽은 자와 전화로 얘기해 봤다. 유령의 집과 유령은 의심 때문에 주어진 가상의 호러 주제이다. 어쨌든 유령은 한때 사람이었다. 외계 행성에서 온 불가사의한 생명체가 아니라 불멸의 영혼에 대한 증거이며 이런 면에서 유령들 또한 희망이 있다. 어떤 트라우마나 끔찍한 행위 때문에 저승으로 건너가지 못하는 원혼은 우리가 살아 있을 때 한 행동이 죽은 후에도 영향을 미치며, 우리가 한 일에서 빠져나오지 못한다고 암시한다. 보장된 안전으로 가려진 '전율적인 느낌'을 일깨우는 것이 정화淨化 의식의 핵심이라면, 안전이 의심스럽고 어떤 보장도 없을 때는 어떻게 되는가?

빌러비드

『빌러비드』를 읽으면서 페이지가 넘어가는 게 무서웠던 때가 있었다. 노예 내러티브와 고전적인 유령의 집 이야기가 교차하는 토니 모리슨의 이 소설은 내가 읽었던 모든 유령 이야기 중에서 가장 슬프고 충격적이었다. 작품 속의 초자연적 현상은 너무나도 그럴듯하고 심지어 필연적으로까지 느껴졌다. 노예들의 유령이 그들이 고통받다 죽은 곳에 여전히 묶여 있다는 생각을 하면 마음이 아팠다.

『빌러비드』는 딸 덴버와 함께 오하이오에 사는 도망 노예 세스의 이야기다. 세스의 집에는 원한을 품은 아기의 영혼이 출몰한다. 아기는 '빌러비드Beloved'라는 한 단어만이 새겨진 묘비 아래 묻혔다. 아기의 엄마가 '소중한 빌러비드Dearly Beloved'라는 감상적인 문구를 전부 새길 돈이 없었기 때문이다. 집에서는 이상한 기운이 발산되고 아기는 "사악한 게 아니라 그저 슬퍼하고 있을 뿐인" 유령이지만 동시에 성난 폴터가이스트이기도 하다.

> 아기의 원한으로 가득하다. (…) 쳐다보기만 해도 거울이 박살 난다. (…) 케이크 위에 작은 손자국 두 개가 나타난다. (…) 한 솥 가득한 병아리콩이 바닥에 쌓여 있다. 소다 크래커는 부서져서 문지방 옆에 한 줄로 흩뿌려져 있다.

세스는 이유 없는 폭력에 시달리던 대농장의 생활에서 탈출했다. 농장의 이름은 역설적이게도 '즐거운 나의 집'이었다. 하지만 오하이오에서 자유민으로 산 지 겨우 한 달 뒤에 노예 사냥꾼들에게 발각되었다. 다시 붙잡히고 딸은 노예로 팔리게 될 상황, 세스는 절망적인 공황 상태에 빠져 딸아이의 목을 그어 버린다. "내가 죽이지 않았다면 그 애는 죽었을 거야. 난 그런 일이 일어나는 걸 견딜 수 없었어."

그리고 18년이 지난 어느 날, 한 여자가 강에서 나와 블루스톤 로드 124번지에 있는 집을 향해 간다. 빌러비드의 유령은 목에 상처가 있는 젊은 여자의 모습이 되어 엄마가 불러 주었던 자장가를 노래하며 무덤에서 나온다. 세스는 자신이 죽였던 아이가 이제 어른이 되어 돌아오자 그녀를 헌신적으로 돌본다. 하지만 빌러비드는 아이의 욕구, 원한을 품은 아이의 탐욕스러운 욕구로 엄마의 생명을 빨아내 버린다. 세스는 빌러비드에게 그날 아이들을 다 죽이고 자기도 목숨을 끊어 모두 함께 떠나려 했다고 설명했지만 빌러비드는 자신을 홀로 무덤에 남겨 두었다는 사실 때문에 엄마를 용서하지 않는다.

빌러비드는 관심을 보이지 않았다. 빌러비드는 자기가 울 때 아무도 없었다고 말했다. 자기 몸 위에 어떤 남자의 시체가 있었다고 했다. 먹을 것도 없었다. 살가죽 없는 유령들이 손가락을 그녀의 입에 집어넣었다. 유령들은 밤에는 그녀를 '사랑스러운 아이', 낮에는 '써발년'이라고 불렀다.

좀비 빌러비드는 사람들이 자기를 봐 주고 알아 주고 먹여 주고 돌봐 주기를 요구한다. 빌러비드는 엄마의 순수하고 한결같은 숭배를 아이같이 재빠른 속도로 회피하고 난폭하게 짜증을 부린다. 엄마의 사랑과 관심에 대한 그녀의 요구는 무자비하고 섬뜩하다. 세스는 공동체에서 고립되고 애인에게서 버림받고 일자리도 잃는다. 딸에게 줄 값비싼 음식과 리본과 단추를 사느라 가진 돈을 다 쓰고 굶주림과 광기에 빠져든다.

『빌러비드』는 1856년 1월에 가족과 함께 켄터키의 대농장을 탈출해 오하이오주 신시내티로 온 마거릿 가너의 이야기에서 영감을 받았다. 가너는 노예 사냥꾼들에게 발각되었고 '도망 노예에 관한 법률Fugitive Slave Act'에 따라 켄터키로 끌려가 다시 노예가 될 신세였다. 노예 사냥꾼에게 잡혀가기 직전 그녀는 두 살배기 딸의 목을 칼로 긋고 다른 아이들도 노예의 굴레를 쓴 삶에서 벗어나게 하려고 모두 죽이려 했다. 노예 사냥꾼들이 가너를 붙잡으려 했을 때 다음과 같은 일이 일어났다.

마거릿 가너는 망연자실해 앉아 있었다. 아들이 잘생겼다고 칭찬하자 일어나서 슬프게 대답했다. "죽은 우리 어린 딸을 봤어야 해요. 그 아이는 새가 됐죠." 가너의 얼굴에는 이마 왼쪽에서 광대뼈까지 이어지는 흉터가 있었다. 어쩌다 생긴 상처냐고 묻자 "백인들이 때렸어요."라고 대답할 뿐이었다.

(줄리어스 야누크, 〈미시시피 밸리 역사 리뷰〉, 1953년 6월)

영화로 각색된 〈빌러비드〉에 대해 마크 피셔는 이렇게 썼다. "일부 관객들은 〈빌러비드〉가 호러 영화로 다시 분류되어야 한다고 불평했다…. 그렇다. 미국의 역사도 그렇게 재분류되어야 한다." 마거릿과 세스의 필사적인 행동은 소름 끼치지만 이해할 수 있다. 마거릿의 딸은 평생 노예의 굴레를 쓴 채 혹독한 노동에 시달리며 살아가고 강간당하고 두들겨 맞고 인간 이하의 존재가 되었을 것이다. 그녀의 삶도 육체도 절대 그녀 자신만의 것이 아니었으리라. 자유를 얻기 위해 애써 싸웠으나 허사가 된 것처럼 보이는 그런 공포가 닥쳤을 때 마거릿에게는 죽음이 자비처럼, 살인이 유일한 수단처럼 보였을 게 분명했다.

캔디맨

북동부 고딕 또는 중서부 고딕이라는 확립된 문학 장르는 없지만 가능은 하다. 모든 마을에는 그들만의 섬뜩한 분위기genius loci, 모든 도시에는 지저분하고 은밀한 장소가 있다. 오하이오에 살 때 소비재 회사인 프록터&갬블(P&G, 신시내티 최대의 회사 중 하나)의 로고 디자인에 사탄의 상징이 담겨 있다는 음모 이론이 횡행했고 어느 지역에는 증인 보호 프로그램에 들어 있는 사람들이 이상할 정도로 많다는 소문도 돌았다.

내가 자랐던 디트로이트와 가장 비슷한 영화는 버나드 로즈의 1992년작 〈캔디맨〉이다. 〈캔디맨〉은 시카고 카브

리니-그린 주택 단지에 사는 살인자 부기맨[38]에 대한 도시
전설을 조사하는 대학원생의 이야기다. 〈폴터가이스트〉에
나오는 무질서하게 뻗어 나간 교외 지구나 아미티빌의 고
풍스러운 마을과는 달리, 캔디맨은 고층 공공주택의 그래
피티로 뒤덮인 눅눅한 복도에 도사리고 있다. 〈캔디맨〉의
무시무시한 무대는 중세 던전의 구불구불하고 어두운 은
밀한 터널이나 낡아 빠진 빅토리아 시대 저택의 삐걱거리
는 마룻장이 아니라 조명이 나간 음침한 복도, 새는 배관에
서 뚝, 뚝, 뚝 흐르는 물소리, 엘리베이터도 고장 나 20층에
서 내려가는 길이라고는 외딴 계단밖에 없는 도시의 방치
된 건물이다.

도시 전설에 의하면 대니얼 로비타이는 노예의 아들로
태어났으나 예술가로 성장했다. 타고난 재능 덕분에 주류
사회에 받아들여졌고 거기서 백인 여성과 사랑에 빠져 아
이를 가지게 했다. 하지만 여자의 아버지는 이 사실을 알고
는 폭력배들을 동원해 로비타이를 붙잡았다. 폭력배들은
녹슨 톱으로 그의 손을 잘라내고 전신에 꿀을 발랐다. 로비
타이는 벌들에 쏘여 죽었다. 한 세기가 지난 후 그의 시체
가 불태워진 곳 위에 카브리니-그린 주택 단지가 세워졌
다. 만약 거울을 보고 "캔디맨"이라고 다섯 번 말하면 욕조
캐비닛에서 캔디맨이 기어 나와 갈고리로 그 말을 한 사람

---

38 못된 아이를 잡아간다고 하는 유령.

을 찢어 죽인다고 한다.

〈캔디맨〉은 실제 사건에서 영향을 받았다. 그레이트 애
벗 주택 단지는 1980년대 시카고 최악의 우범지대로 일주
일에 한 건에서 세 건의 살인 사건이 일어났다. 1987년 4월
22일, 52세의 루스 매 맥코이가 911에 전화했다.

맥코이: 네, 그들이 캐비닛을 넘어뜨렸어요.

교환원: 어디서요?

맥코이: 난 주택 단지에 살아요, 반대쪽이요. 욕실로 들어올 수
있어요. 그들은 욕실을 통해 들어오려고 해요.

교환원: 알겠습니다, 부인. 주소가?

맥코이: 13번가 웨스트 1440번지, 아파트 1109호요. 엘리베이
터는 작동해요.

(스티브 보기라, 〈시카고 리더〉, 1987년 9월 7일)

그레이스 애벗 주택 단지의 아파트 일부는 건물이 이상
하게 설계된 탓에 배관과 고정 설비 수리시 쉽게 접근할 수
있게 만들어진 벽 속의 공간을 통해 서로 연결되어 있다.
도둑들도 이 공간을 통해 쉽게 접근할 수 있다. 반대쪽에서
욕실 캐비닛을 통해 접근할 수 있기 때문에 캐비닛을 치우
고 기어서 통과하기만 하면 된다. 경찰이 도착했으나 문을
두드려도 아무도 대답하지 않았고 열쇠를 가진 관리인도

없어서 포기하고 가 버렸다. 다음 날 맥코이가 걱정된 친구가 전화해 경찰이 다시 찾아왔다. 하지만 경비원은 소송당할까 걱정되어 경찰이 문을 부수지 못하게 했다. 그다음 날 맥코이의 친구는 건물 관리 회사가 맥코이 집 자물쇠를 드릴로 뚫어야 한다고 주장했다. 경찰은 전화를 받은 지 사흘 만에 마침내 집 안에 들어섰지만 맥코이는 이미 네 발의 총상을 입고 사망한 상태였다.

이 이야기 안에는 여러 겹의 공포가 존재한다. 침입자가 욕실 캐비닛을 통해 기어 들어온 끔찍한 행동은 그중 하나일 뿐이다. 경비원들은 회사로부터 징계당할 위험 때문에 행동을 주저했고 경찰은 이 가난한 흑인 여성의 생명을 하찮게 여겨 안일한 무관심으로 일관했다. 맥코이를 돕기 위한 최소한의 노력도 없었고, 친구가 계속 주장하지 않았다면 그녀의 시체는 몇 주가 지나서야 발견되었을 것이다. 하지만 내가 가장 거슬리는 건 맥코이가 911에 전화했을 때 엘리베이터가 작동한다고 언급해야 할 필요를 느꼈다는 사실이다. 그녀는 자신의 생명이 11층을 계단으로 걸어 올라와서까지 구할 가치가 없을 수도 있다는 사실을 알았던 게 분명했다. 맥코이 이야기의 교훈은 이렇다. 캔디맨이 여러분을 죽이지 않더라도 가난, 구조적 인종 차별주의, 법 집행 기관의 무관심, 예산이 부족한 공공 서비스가 여러분을 죽일 것이라는 사실이다.

츠베탕 토도로프는 공상은 우리가 설명할 수 없는 무언가를 경험하는 것과, 그것에 대한 설명 사이의 "불안정함이 지속되는 시간을 차지한다"고 말했다. 유령 이야기와 호러 영화는 가능한 것과 불가능한 것 사이 경계선에서 균형을 잡고 있다. 집들은 친숙하고 풍경은 알아볼 수 있으며 가족들은 전형적이다. 〈폴터가이스트〉나 〈엑소시스트〉 같은 영화의 가장 무서운 점은 모든 게 너무나도 정상적이라는 사실이다. 공포에 대비한 우리의 이러한 연계가 확고하게 자리 잡아야 한다. 우리는 그들에게 일어나고 있는 일이 우리에게도 일어날 수 있었다는 사실을 잠시라도 믿어야 한다. 초자연적인 면을 걷어내고 도시 전설과 아기 유령 이야기의 윤색된 부분을 제거하면 루스 매 맥코이와 마거릿 가너의 이야기는 확실하고 설명 가능하다. 그리고 그러한 일은 우리 중 누구에게도 일어날 수 있었다. 그레이스 애벗 주택 단지는 그 이후 철거되었다. 그리고 나는 지금 그 자리에 무엇이 있든 루스 맥코이의 유령이 그 복도에서 배회하는 건 아닐까 생각한다. 나는 유령을 믿는다고, 또는 믿고 싶어 하는지도 모르겠다고 생각한다. 우리의 삶에 미리 설계된 질서가 있다고 생각하지 않으며 천국이나 지옥도 믿지 않는다. 불가지론자不可知論者라는 단어는 언제나 싫어했다. 하지만 세상에는 우리가 알지 못하는 것이 많다는 불가지론은 내 생각에 가장 가깝다. 극단적인 신앙이나 무신론도 믿지 않는다. 유령은 내게 무언가… 다른 것에 대한 가능성—우리가 볼 수 있는 것만이 여기 존재하는 전부는 아니다—을 제공해 준다.

유령의 존재에 대한 설명 중 내가 가장 좋아하는 것은 '흔적'이다. 어떤 사건은 그 난폭함이나 분노가 너무 강렬해서 마치 책의 페이지를 펜으로 너무 세게 찍었을 때 생기는 것처럼 각인된 음각陰刻 자국 같은 죽음의 잔해를 뒤에 남긴다. 유령은 현재에 있는 우리를 만나러 오지 않는다. 오히려 우리가 과거를 잠깐 보는 것이다. 나는 유령들이 우리의 공간을 침범한다기보다는 우리가 그들에게 접근할 수 있는 권리를 잠시 얻었을 뿐이라고 생각하는 게 좋다. 그토록 뚜렷한 자취를 남기려면 마치 히로시마의 그림자처럼 원자폭탄 수준의 분노와 공포가, 케이크 위에 손자국을 남기거나 욕조 캐비닛을 통해 기어 나올 정도로 강력한 무언가가 필요하다.

미국의 괴물

백인들이 자신들의 상상력을
관리할 수 없기 때문에
흑인들은 죽어가고 있다

_클라우디아 랜킨, '시민: 미국의 서정시'

미국에서 타자(他者)가 된다는 사실은 당신이 상상할 수 없는 무
엇인가를 상상하게 해 준다.

_마고 제퍼슨, 『깜둥이의 땅』

　드라마 〈애틀랜타〉의 '노예 해방 기념일Juneteeth' 에피소
드에서, 주인공 언(Earn)과 여자 친구 바네사는 바네사의 친
구 모니크의 아파트에서 열린 멋진 노예 해방 기념일 파티
에 참석한다. 1865년 6월 19일은 노예 해방 선언에 서명한
지 2년 반이 지난 후 텍사스에서 노예 제도가 공식적으로
폐지된 날이다. 이날은 마침내 자유민이 된 것을 축하하는
일종의 공휴일이다. 모니크의 남편 크레이그는 백인인데,
아내를 포함해 모든 '검은 것'에 대한 열렬한 수집가이다.

크레이그의 사무실은 흑인 명사들의 사진, 아프리카 조각, 직접 그린 맬컴 엑스 팬아트로 장식되어 있다. 크레이그는 언에게 포티 에이커스 맥주 대신 헤네시 코냑과 모스크바 뮬 칵테일을 권하며 아프리카에 가 본 적 있는지 물어본다. 가 본 적 없다고 언이 대답하자 크레이그는 깜짝 놀란다.

크레이그: 가 봐야지! 자네 모국이잖아. 조상들은 어디 출신이지? 콩고? 아이보리코스트? 남동부 반투 지역?
언: 몰라. '노예 제도'라는 이 유령 같은spooky 게 생겨났을 때 내 민족적 정체성은 죄다 지워졌지. 그러니까…

흑인 상류층 부르주아를 보여 주는 이 짧은 장면에는 내가 좋아하는 게 많이 있다. 백인 남편을 돈줄로 이용하는 흑인 여성, 아내를 '흑인성'에 이용하는 남편, 흑인 문화를 이해한다는 사실에 대한 크레이그의 오글거리는 자신감과 언에게 아프리카로 '가 보라고' 선뜻 말하는 데서 암시되는 경제적 여유 같은 것들이다. 하지만 내가 이 장면에서 가장 좋아하는 건 도널드 글로버가 사용한 단어인 '유령 같은'이다. '유령 같은'은 으스스함, 귀신이 나올 것 같은 느낌, 섬뜩하고 불확실한 무엇인가를 암시한다. '유령 같은'은 정돈되기 힘든 미묘한 불안, 뭔가 크게 잘못된 듯한 무형의 불분명한 기운이다. "당신네는 어디 출신이야?"라는 질문에 대한 대답은 복잡하며 '유령 같은'은 복잡한 단어이다.

'유령spook'이란 단어는 '귀신' 또는 '허깨비'란 뜻의 네덜란드어 'spooc'에서 유래한다. 1940년대에 유령은 그림자 속 삶을 사는 비밀스럽고 교활한 사람인 첩보원을 의미하는 단어가 되었다. 거의 같은 시기에 유령은 흑인을 비하해서 부르는 단어로도 쓰였다. 심지어 2차 대전 중에 전투기와 폭격기 조종사로 활약한 흑인들을 이르는 '터스키 공군Tuskegee Airmen'조차 '유령 병사Spookwaffe'라는 멸칭으로 불렸다. 이 단어는 미신을 잘 믿는 단순하고 어리석은 퉁방울눈의 얼간이 깜둥이 이미지를 떠올리게 한다. 유령이란 단어에는 희화화된 순진함과 신랄한 인종 차별적 함의가 모두 들어 있고 언이 이 단어를 비난조로 사용한 것은 적절했다. 비인간화는 소름 끼치는 시도이다.

유럽인의 무력 개입 전에도 아프리카에 노예 제도가 존재하기는 했지만, 미국의 노예 무역은 인간성의 개념에 대한 이데올로기적 전환을 필요로 했다. 이는 단순히 처벌적 또는 경제적 논법보다 더욱 심화된 완전히 다른 분류이다. 우리는 이러한 이데올로기적 전환이 가지는 순수한 공포 앞에 잠시 멈춰 섰다가, 인종주의라는 허깨비를 사실로 만들고 유지하기 위해 만들어 낸 정교한 결과물을 무시하고 지나쳐 버리곤 한다.

'5분의 3 타협Three-Fifth Compromise'은 유령이다. 남부 주들

이 하원에서 더 많은 의석을 확보할 수 있게 하려고 1787년에 제안된 타협안으로, 한 주의 노예의 수는 총 백인 수의 5분의 3으로 간주한다는 내용이다. 백인 다섯 명은 흑인 세 명과 같다. 이 무미건조한 수학적 추론은 형이상학적 퍼지 수학[39] 방정식을 만들어 냈으며 이 방정식은 생각보다 더 섬뜩하다. 남는 흑인 두 명은 아예 존재하지 않았는가? 존재하기는 하지만 불완전한 유령 인간인가? 어떤 사람의 5분의 2를 제거할 수 있는가? 만일 그렇다면 어느 부분을 없앨 것인가? 팔? 다리? 발에서부터 위로 얇게 썰어내는 게 가능할까? 어쩌면 신체 일부보다도 더욱 인간 본질에 가까운 무엇인가를 제거할 수도 있을 것이다. 후각이나 장기 기억을 없애 버릴 수 있을까? 말을 하거나 그림을 그리는 능력은? 이 공식은 인간을 인간 아닌 것으로(또는 인간을 개별적 존재가 아니라 인구수로) 보는 데 그치지 않고 아예 '보지 않는' 능력을 필요로 한다. 경제적, 정치적인 전략적 왜곡은 논외로 하자. 이 공식에는 사람을 이론상 소멸시킨다는 섬뜩함이, 마루를 닦고 요리하고 밭에서 일하고 아이를 돌봐 주는 사람들의 몸을 가상으로라도 증발시키려는 의도가 암시되어 있다. 랠프 엘리슨이 말한 '보이지 않는 사람'처럼 5분의 3의 사람은, 전부가 여기 있는 것도 아니고 전체로 있는 것도 아니지만 분명 우리 사이에 존재한다.

---

39 판단하기 애매한 내용에 대한 절대 평가 기준을 만들어 내기 위한 수학.

나는 노예 해방 기념일을 경축해 본 적이 없다. 노예 해방 기념일은 가이 포크스 데이[40]와 마찬가지로 그날이 가지는 의미를 경축한다기보다는 그런 기념일이 있다는 사실을 안다는, 자신이 일종의 '깨어 있는 사람'이라는 사실을 과시하려는 허세처럼 보인다. 나에게는 큰 의미가 없다. 노예 해방 기념일은 노예 제도가 실제로는 종식되지 않았는데도 종식되었다고(좀 더 정확하게 말하자면 거의 종식시켰다고) 경축하는 날이기 때문이다. 만일 노예 해방이 소작제로 그렇게 쉽사리 이행되지 않았고, 재건 시대[41]의 성과가 그렇게 빨리 사라지지 않았고, 당시 흑인들에게 배상금이 제대로 지급되고 국가가 공식적으로 사과를 했다면 나도 파티를 즐기며 '프로즌 프리덤 마르가리타'나 '플랜테이션 마스터 포이즌'[42]을 마셨을 것이다. 하지만 나에게 노예 해방 기념일은 노예 해방을 완수하려고 했으나 결코 그렇게 되지 못했던 일종의 장엄한 허무를 경축하는 공허한 기념일이다. 게다가 노예 해방 기념일에는 노예 제도가 완전히 끝난 게 아니라는, 종식되지 않고 그저 형태만 바꾼 채 이어지고

---

40 1605년 11월 5일, 영국 의사당을 폭파하고 제임스 1세와 그 일가족을 시해하려 한 가톨릭교도들의 화약 음모 사건이 무산된 것을 기념하는 날.

41 남북전쟁에 이은 1865년부터 1877년까지 재건 시기, 또는 1863년부터 1877년까지 미국 남부의 변화를 뜻한다. 이 시기 동안 연방 정부는 남부 주들이 합중국으로 돌아옴과 함께 연합국 지도자들의 지위를 회복하는 데 힘썼으나 해방된 흑인의 영구적인 법적, 정치적, 경제적, 사회적 체계의 평등은 실현되지 못했다.

42 〈애틀랜타〉 에피소드에 나온 패러디 칵테일(원래는 '프로즌 마르가리타'와 '포이즌').

있다는 지속적인 불안이 있다. 그 기괴하고 으스스한 안개
는 아직 걷히지 않았다.

고딕 내러티브는 변화하는 세상에 대한 불안을 허구라
는 안전한 형태로 통과하는 수단이었고 지금도 그렇다. 산
업화, 과학의 급속한 발전, 세속주의secularism[43]의 불안정함,
전염병과 질병, 이민자들과 문화적 이방인, 핵무기로 인한
멸망, 기후 변화에 대한 공포…. 현실의 모든 사회적 공포
에는 은유된 괴물이 있다. 이러한 이야기들이 가지는 소극
적인 칸트적 쾌락 덕분에 우리는 이러한 공포를 마주할 수
있고, 한 시간 반 정도면 이야기가 끝난다는 사실을 알기
때문에 전율하면서도 안전하다고 느낀다.

미국에서의 흑인성은 편안했던 적이 결코 없었을 뿐 아
니라 불편함의 지속적인 근원이기도 했다. 흑인성은 가난,
범죄, 폭력, 마약 중독, 난잡한 성생활, 가족 붕괴, 무지 같은
각종 사회문제의 은유로 종종 사용되었다. 흑인이 된다는
것은 공포의 대상, 밤에 침대 밑으로 숨으려다 부딪혀 혹이
나게 만드는 존재가 되는 것이다. 사회 불안을 처리하기 위
해 문학과 영화를 이용할 수도 있다. 하지만 여러분 자신이

---

43 자연이나 신의 은총, 사후의 세계를 부정하고 인간의 노력만으로 성공과 문화의
발전을 추구하는 사상. 19세기 중반 유럽에서 유행했다.

사회적 불안이라면 무엇을 할 것인가? 마을 사람들이 횃불과 쇠스랑을 들고 여러분을 쫓아온다면 어떻게 할 것인가?

똑똑한 개

나는 엄마가 박사 과정을 밟고 있던 매사추세츠 대학교 애머스트 캠퍼스에 있는 소규모 히피 유치원에 다녔다. 옆집에는 치누아 아케베가 살았다. 니키 조반니는 가족의 친구였다. (드라마 말고 실제) 코스비 씨의 아이들은 언니, 오빠와 같은 학교에 다녔다. 1970년대에는 똑똑한 흑인 아이라면 애머스트 유치원에 가야 하는 것 같았다. 어느 날 학교 운동장에서 놀고 있었는데 멀리서 누군가가 커다란 검둥개를 데리고 있는 게 보였다. 내 옆에 있던 백인 여자애가 가까이 가지 말라며 "개는 흑인을 좋아하지 않아서" 내가 가까이 가면 물려고 할 것이기 때문이라고 말했다. 그 애는 내 안전을 염려한 게 아니라, 내가 선천적으로 더러워서 짐승들조차 그것을 명백히 감지할 수 있다는 듯 경멸조의 우월감을 가지고 그렇게 말했다. 나는 그 당시 대여섯 살 즈음이었는데, 부끄러움, 분노, 권리가 박탈된 듯한 두려움 등이 뒤섞인 특별한 감정을 처음으로 느꼈다. 나는 그 애 말을 믿어서 그 후 몇 년 동안 개를 무서워할 정도였지만 그 이야기가 뻔뻔스럽고 인종 차별적인 것인지는 몰랐다. 꽤 시간이 흐르고 나서야 나는 그 개를 무서워할 이유가 없다는 걸 깨달았다. 오히려 그 여자애, 그 애의 부모, 인종 차별견의 주인이 나를 두려워하기 때문이었다.

미국에서는 최후 심판의 날이나 총기 소유에 이르기까지 두려움에 이상할 정도로 익숙해져 있다. 정치 전략으로 공포를 이용하는 것은 〈국가의 탄생〉[44]부터 멕시코 장벽 설치라는 도널드 트럼프의 터무니없는 망상에 이르기까지 미국 역사에서 계속 이어졌다. 흑인과 인디언이 백인들에게 스며들어와 오염시킨다는 공포를 전략적으로 이용함으로써 압제자를 피압제자인 양, 가해자를 피해자인 양 영악하게 자리바꿈한다. 대단한 속임수다. 억압의 기술로 공포를 이용하는 것은 모순을 발생시킨다. 강자를 약하게 보이게 해야 하기 때문이다. 먹이사슬의 최상층에 있는 자들이 두려워하는 것은 무엇인가? 야생동물, 정체불명의 생물체, 괴물, 수수께끼의 타자처럼 사람이 아닌 존재들이다.

나는 저 목록의 가장 아래에 있는, 포괄적이지만 빈 상자 같은 '타자'라는 용어에 대해 복합적인 느낌이 있다. '타자'는 보통 전혀 지루하지 않은 무엇인가를 지칭하는 지루한 용어다. 그러나 반면 '타자'는 이해할 수 없는 것을 정의하

---

[44] 남북전쟁을 배경으로 흑백 인종 갈등 문제를 다룬 D.W. 그리피스 감독의 1914년 영화. 영화 기술적 완성도에 비해 인종 차별적 시각으로 많은 비판을 받았다.

려고 하지 않으며 나는 그 점을 존중한다. 백인 우월주의는 흑인성을 알 수 없고 불가사의하며 이상한 것으로 취급하는 관념에 기초한다. 미국에 야구나 대머리독수리 같은 상징적인 국가적 괴물이 있다면 그것은 비늘이나 털이나 송곳니가 있는 생명체가 아니라 〈우주 생명체 블롭〉에 나오는 것과 같이 증가와 변화, 확장과 감축, 팽창과 수축을 하는 실체일 것이다. 또는 〈괴물The Thing〉처럼 옆에 있는 누군가로 변신하는 기생적인 존재라는 게 더 그럴듯하다. 미국에서 부기맨은 최근의 위협에 따라 흑인, 무슬림, 라틴계, 게이, 트랜스젠더로 모습을 바꾼다. 페미니즘이나 민주사회주의일 수도 있다. 우리 미국의 블롭은 즉석에서 변신할 수 있다.

2006년, 풍자 코미디인 〈샤펠 쇼〉 시리즈 중 '몬스터스' 에피소드(1964년 시트콤 〈먼스터스〉의 패러디다)에서는 흑인 늑대인간(데이브 샤펠), 흑인 미라(도널 롤링스), 흑인 프랑켄슈타인(찰리 머피)이 교외의 주택에서 함께 산다. 흑인 프랑켄슈타인은 승진을 기대하며 회사로 출근한다. 하지만 상사는 프랑켄슈타인이 분노를 난폭하게 표출한다고 다른 직원들이 불평하더라고 경고한다. 프랑켄슈타인은 고전적인 괴물의 으르렁거림과 함께 주먹을 들어 올리고는 내질러 상사의 책상에 구멍을 낸다. 그는 대부분 백인 동료들과 맞서 (동료에게서 뜯어낸 팔을 휘두르며) 선언한다.

잘 들어! 뒷담화나 하는 인종 차별주의자들아. 나는 이 부서에서 제일 열심히 일했어. 너희 인종 차별주의자들이 불편해하지 않게 사무실에서 살금살금 다니는 데 질렸어. 흑인이 무섭지? 그게 너희 문제야. 내 피부색은 문제 자체가 되지 않아야 해. 너희가 봐야 할 건 사람이야. 흑인이 아니라고.

백인 직원들이 겁에 질려 움츠려 있는 사이, 한 흑인 여성이 히죽거리면서 그의 말을 끊는다. "깜둥아, 넌 프랑켄슈타인이잖아." 그는 올바른 얘기를 했지만 여전히 괴물이다. 이 '몬스터스' 에피소드의 부제는 '시스템은 우리를 위해 설계되지 않았다'이다.

두려움terror과 공포horror 사이에는 차이가 있는데 바로 정신과 육체의 차이이다. 데벤드라 바르마는 "죽음의 냄새와 시체에 걸려 비틀거렸을 때 사이의 극심한 우려와 역겨운 자각"이라고 설명했다. 두려움은 미지의 것에 대한 무서움, 존재하지 않는 것 사이의 간격을 채우는 심리다. 두려움은 "상상의 대상을 과장한다."(앤 래드클리프, 〈뉴 먼슬리 매거진〉, 1826년 7월) 두려움은 유령 같고 공포는 총체적이다. 〈텍사스 전기톱 학살〉은 역사상 최고의 고어 호러 영화라는 명성을 얻었지만 극 중 폭력성은 거의 보이지 않는다. 사람이 전기톱으로 썰려 나가는 장면은 볼 수 없다. 두려움의 대상은 실제로 일어난 일이 아니라 일어날 수 있다고 생각되는 점이다. 그리고 우리는 화면에 무엇이 보이든 보이지 않든 관계없이 우리 자신의 개인적 악몽을 스크린에 투영한다. 두려움은 순수한 충격이며 증거가 필요 없다.

전략적 공포

'객관적 합리성'은 불길한 징조를 보이는 평범한 서술이 며, 논리와 증거에 기반한 행동, 비이성적이고 과도한 폭력 에 대한 쿨하고 냉담한 정당화를 암시하는 문구다. 경찰관 이 과도한 폭력을 행사한 경우, 객관적 합리성의 원칙에서 는 유사한 상황에서 합리적인 사람이 같은 방식으로 행동 했을 것인지를 검토한다(자멜 부이, 〈슬레이트 매거진〉). 이는 동지들과 선택된 타인들 사이의 연대성을 발생시킨다. 객 관적 합리성의 법칙은 흑인 아닌 사람들은 합리적이고 흑 인은 두려운 존재라는 보편적인 이해와 승인에 의존하고 있다.

2014년 11월 신원미상의 남자가 911에 전화를 걸어, 오 하이오주 클리블랜드의 공원에 총을 가진 흑인이 있다고 신고했다. 신고자는 "그놈의 총이 바지에서 삐져나와 있어 요. 가짜겠지만 무서워 죽겠어요"라고 했다. 영상을 보면 그 흑인 남자는 혼자서 전망대 근처를 거닐고 있었다. 생각 에 잠긴 채 느긋하게 걸으며 6연발 권총을 든 서부 영화의 카우보이처럼 총을 빙빙 돌리다가 바지에 넣었다 뺐다 하고 있었다. 경찰이 현장에 출동해서 바로 옆에 차를 세우고 곧바로 남자의 가슴에 총을 두 발 쐈다. '무서운 남자'는 열두 살의 타미르 라이스였다. 신고자의 말이 맞았다. 남자가 가지고 있던 건 장난감 권총이었다.

티모시 로만 경관은 사건을 보고하면서 타미르 라이스를 스무 살쯤 되어 보였다고 진술했다. 나는 타미르의 사진을 봤지만 젖살도 빠지지 않은 동안 그 자체였다. 영상에서 타미르는 거칠거나 위협적으로 보이지 않았다. 따분해 보일 뿐이었다. 로만 경관은 자신이 그런 반응을 보인 이유는 "생명에 위협을 느껴서"였다고 했다. 흑인에게 총을 발사했을 때 거의 확실한 정당방위 사유로 수백 년 전부터 인정받은 이 문구가 너무나 쉽게 그의 입에서 흘러나온 것이다. 타미르의 총이 진짜였다 해도 경찰은 총기 발사 아닌 다른 수단은 고려하지도 않았을 것이다. 두려움이 크고 위협이 명백한 것 같으면 논리와 이성은 사라지고 타미르의 생명을 구할 수도 있었던 한 가지 이유는 방어 본능에 밀려난다. 그 한 가지 이유는 바로 객관성이다.

이보다 먼저 그해 8월, 미주리주 퍼거슨에서 대런 윌슨 경관은 무장도 하지 않은 열여덟 살의 마이클 브라운에게 정당방위 명목으로 여섯 발의 총격을 가했다. 윌슨도 법정에서 "생명의 위협을 느꼈다"고 증언했다. 브라운은 "악마같았고" 그를 진정시키는 건 "다섯 살 꼬마가 프로레슬러

헐크 호건을 말려야 하는 느낌"이었다면서 단순히 힘이 센 게 아니라 불가사의할 정도로 강력한 존재이고, 흑인이라는 사실이 마치 악령에 씐 자 특유의 악마적이고 초인적인 힘을 가지게 된 이유인 양 묘사했다. 윌슨은 경찰봉이나 전기 충격기를 사용하는 것도 생각해 봤지만 적절한 시기에 쓸 수 없었다고 증언했다. 무엇을 위한 적절한 시기인지는 말하지 않았다(자멜 부이, 〈슬레이트 매거진〉, 2014년 11월 26일).

적절한 공포의 양을 어떻게 입증할 수 있는가? 충분한 증거란 무엇인가? 흑인에 대한 암묵적인 편향은 '무서운 흑인'을 질병처럼 보는 도그마부터 시작해 수백 년에 걸쳐 길러져 왔다. '무서운 흑인'은 만딩고[45]처럼 힘이 셀 뿐만 아니라 분노와 폭력에 휩싸이기 쉬우며 자신의 감정을 다스리지 못하는 경향이 있는 흑인을 말한다. 우리는 흑인은 당연히 위협이 되고 가능한 한 빨리 쓰러뜨려야 한다고 믿게 길들여졌다.

공포의 전략적 이용 때문에 노예 제도 이후 미국의 법 집행 기관은 백인이 우위를 차지하는 방향으로 왜곡되었다. 흑인은 길들이면 쓸모 있지만 야생 상태에서는 난폭하고 언제든 주인에게 덤벼들 수 있는 위험한 생물이었다. 경찰의 선구자는 '나이트 라이더Night Rider' 순찰대였다. 나이트 라이더는 노예들이 반란을 일으키거나 탈출하지 못하게 감

---

45 1975년 영화 〈만딩고〉에 나오는 육체적으로 강인한 흑인 노예.

시할 목적으로 설립된 순찰 및 통제 조직이었다. 우리가 배운 것과는 달리 노예 반란은 생각보다 많이 일어났다. 남북전쟁 이전만도 약 200번 이상이었다. 눈에 보이는 정신적인 고문이 끝없이 이어지는 상황에 마주하면 육체적 폭력과 죽음만으로는 반란을 잠재우기에 역부족이다. 마거릿 가너도 알았던 것처럼 때로는 죽음이 더 낫다. 육체적인 고통에 대한 공포만으로는 충분하지 않았기에 형이상학적 테러리즘이 작동하게 되었을 수도 있다.

주인과 감독관은 한 번에 한 곳에만 있을 수 있지만 유령은 언제 어디든 있을 수 있는, 눈에 보이지도 않고 시공간의 제약도 받지 않는 전지전능한 첩보원이다(글래이디 마리프라이,『흑인 역사 속의 나이트 라이더』, 1975). 노예 주인들은 마녀, 귀신, 유령이 나오는 장소에 관한 소문을 퍼뜨려 미신을 조장하고 초자연적인 것에 대한 믿음을 악용했다. 이미 불안과 의심에 휩싸인 상태인 노예들에게 말을 탄 '유령들'이 들이닥쳤고 이것이 KKK단의 두건 달린 흰색 로브의 기원이다. 흑인들이 정말로 KKK단을 말을 탄 초자연적 유령으로 믿었다고는 생각하지 않는다. 하지만 지속적으로 불안에 시달리는 환경 때문에 특히 이러한 것들에 기이하게 심리적으로 조종당했던 건 분명하다.

테러리즘의 목표는 공포를 통해 강제로 굴복시키는 것이다. 오늘날의 경찰은 미국 최초의 테러리스트 조직인

KKK의 친척이다. 법 집행 기관은 여전히 공포를 통제의 방식으로 사용하지만 누가 누구를 겁주는가에 관한 진실은 여전히 모호하고 민간인이 관계된 경우에는 특히 그렇다. 인종 프로파일링[46]은 법 집행 기관만의 수단이 아니다. 공포를 통해 권력을 행사한다는 게 역설적으로 보이지만, 911을 무기로 이용할 수 있는 능력은 비非 흑인과 비非 인디언만이 누릴 수 있는 특권 같다.

2018년 4월, 제니퍼 슐트(일명 바비큐 베키)는 한 무리의 흑인들이 캘리포니아주 오클랜드의 공원에서 바비큐 파티를 열고 있다고 경찰에 신고했다. 슐트는 그 흑인들이 그릴에 숯과 조개탄을 쓴다고 계속 귀찮게 간섭하다 경찰이 출동하자 "정말 무서웠어요. 왜 이제야 오는 거예요!"라고 말했다. 같은 해, 펜실베이니아주 필라델피아의 스타벅스 매니저인 홀리 힐튼은 매장에서 친구를 기다리고 있던 흑인 두 사람을 경찰에 신고했다. 예일 대학교에서 사라 브라시는 아프리카학과 석사 과정에 다니는 어떤 흑인 여학생이 공부하던 중에 휴게실에서 낮잠을 자고 있다고 경찰을 불렀다.

흑인이 운전하고 있을 경우 다른 인종에 비해 훨씬 더 많이 경찰의 검문을 받는 것을 의미하는 용어인 '흑인이 운전

---

46   경찰이 피부색이나 인종을 토대로 용의자를 특정하는 수사기법. 주로 흑인을 범죄자로 간주하고 불심검문하거나 흑인 운전자 차량을 세우는 일 등이 있다.

중Driving while Black'은 '흑인이 보행 중', '흑인이 쇼핑 중', '흑인이 바비큐 파티 중', '흑인이 은행 업무 보는 중', '흑인이 낮잠 자는 중', '흑인이 아기 보는 중'으로 점점 더 확대되고 있다. 사람들 사이에 존재하는 것만으로 범죄가 된 것이다. 이러한 일들은 터무니없어 보이지만, 공인된 허세와 결합된 이 허가받은 이방인 혐오의 긴 궤적 중 최근의 사례일 뿐이다. 가장 거슬리는 것은 공공의 안전을 우려하는 척하는 고결한 가식이다. 여기에는 고자질쟁이의 잘난 척하는 우월감, 법은 자기들 편이라는 사실을 아는 데서 오는 자신감이 동반된다. 하지만 흑인에 대한 공포는 비이성적이며, 비이성적인 공포가 더해진 권력은 위험하다.

도니샤 프렌더가스트(밥 말리의 손녀)가 친구와 함께 에어비앤비에서 체크아웃하고 있었는데 이웃에 사는 백인이 경찰을 불렀다. 그 백인은 자기가 손을 흔들었는데 도니샤와 그 친구가 마주 인사해 주지 않았다는 이유로 그들을 빈집털이로 의심했다. 나는 경찰의 검문을 받아 본 적이 없다. 누가 나에게 총을 겨누고 손들라고 말한 적도 없다. 하지만 기사를 읽을 때마다, 영상을 볼 때마다, 트위터 스레드를 팔로우할 때마다 심장 박동이 조금 빨라진다. 나는 백인이 대부분인 곳에서 에어비앤비를 이용한 적이 있고 스타벅스에서 라테를 주문하기 전에 친구를 기다린 적이 있으며 대학에서 공부할 때 공공장소에서 깜빡 존 적이 있다. 바닥에 엎드리라는 명령을 받는 게 어떤 느낌인지 모른다. 하지만

86

내가 어떤 백인에게도 두려움을 주지 않기를 기도하는 게 어떤 느낌인지는 잘 안다.

브롱크스에 있는 웨이브 힐은 허드슨 강이 내다보이는 아름다운 공원이다. 나는 이 공원이 초행길이라 엉뚱한 경로로 들어섰다. 이 경로에는 뉴욕에서 제일 가는 부자 동네 중 하나인 리버데일을 통과하는 보행로가 포함되어 있었다. 리버데일 주민 대부분은 백인이며 범죄율은 뉴욕 내에서 가장 낮다. 나는 혼자였고 공원까지 얼마나 걸릴지 몰랐다. 나는 대저택들을 지나가면서 '누가 경찰을 부르기 전에 빨리 여기서 나가야지'라고 생각하며 발길을 재촉했다. 나는 창작 분야에서 좋은 직업을 가지고 있었고 단정한 옷차림에 석사 학위도 두 개나 있었다. 이런 것들은 하나도 중요하지 않았다. 헨리 루이스 게이츠 주니어[47]도 자기 집에 들어가다가 주거 침입으로 체포되는데 하물며 나야 말해 무엇할까.

미국의 23개 주에는 '정당방위법stand your ground law'이 있다. 2012년에 일어난 트레이본 마틴 살인 사건으로 세간의 주목을 받은 이 법의 규정에 따르면 누구든 위협 또는 '인지된' 위협에 대해 무기를 사용해 자신 또는 타인을 방어할 권리가 있고 이 권리는 안전하게 그 상황을 회피할 수 있었

---

47 미국의 유명한 문학 평론가이며 하버드대 교수, 흑인이다.

는지 여부에 관계없이 인정된다. 여기에서 핵심은 '인지된'이다. '인지'를 어떻게 입증할 수 있는가? 겁에 질렸는지 여부를 어떻게 증명할 수 있을까? 나는 흑인의 '정당방위' 사례를 본 적이 없다. 흑인이 생명의 위협을 느껴 흑인 아닌 사람을 사살했다는 기사를 들어본 적이 없을 것이다. 이는 이성적으로 누구를 두려워하도록 허용된 사람이 누구인가라는 질문을 하게 만든다. 흑인성은 이 나라의 구조에 단단히 끼워져 있지만, 사실은 상상의 위협에 기초한 공포이고 수백 년간 폭로되지 않은 신화이다. 그리고 공포를 가하는 자와 공포에 질린 자 사이의 이 변증법이 자가증식되어 왔다. 사라 아미드의 말을 인용한다.

(공포는) 피부에서, 접촉을 통해 드러나는 표면에서 느껴지는 소름을 통해 그들을 결속시키고 분열시킨다. 흑인이 부들부들 떠는 것은 분노의 한 형태인 것으로 오해받고 바로 그때 백인의 공포의 '바탕'이 된다. 달리 말하자면 타자에게서 공포를 느끼는 것은 오직 오해에서 비롯되며 그 오해는 공포에 대한 반응을 통해 그 타자에게로 되돌려진다….

조던 필의 2017년작 호러 영화 〈겟아웃〉은 특별한 종류의 공포로 시작된다. 그 공포는 호러의 세계에서도, 실제 흑인들의 생활에서도 친숙한 것이다. 젊은 흑인이 텅 빈 주택가 거리를 밤중에 걸어가며 통화하고 있다. "으스스하고 헛갈리는 빌어먹을 교외 지구"에서 길을 잃은 것이다. 차 한 대가 천천히 따라오기 시작하고 그는 즉시 어깨를 움츠리고 고분고분한 자세로 고개를 숙인다. "좋아." 그는 낮은 목소리로 혼잣말한다. "계속 걷는 거야. 어리석은 짓 하면 안 돼. 오늘은 안 돼. 나는 그러면 안 돼." 공포에 질렸다기보다는 이런 일에 진절머리가 난 듯 지치고 불만스러운 태도이다. 관객인 우리처럼 그도 괴롭힘과 폭력을 예상한다. 에릭 가너[48]는 목이 졸려 죽어가기 전, "숨을 못 쉬겠어"라고 말하기 전, 경찰이 처음에 막아섰을 때 이렇게 말했다. "볼 때마다 못살게 구는군. 지긋지긋해."

조지 R. 로메로는 호러 영화 몬스터들의 명단에 좀비를 영원히 새겨넣었다. 하지만 〈살아 있는 시체들의 밤〉(1968)의 너무나도 놀라운(그리고 과격한) 점은 리더, 영웅, 상황을 통제하는 사람이 흑인이라는 사실이다. 영화에서 흑인은 백인들에게 할 일을 지시하고, 진정시키고, 히스테리를 부리는 백인 여성의 따귀를 때리기까지 한다. 시골의 외딴집에 갇힌 백인들은 긴장 증세를 보이고 약하고 이기적이다. 벤(두안 존스)은 영리하고 결단력 있고 이 낯선 사람들의 생명을 구하기 위해 용감하게 영웅적으로 분투한다. 살아 있

---

48 2014년 뉴욕 스태튼아일랜드에서 불법으로 담배를 판다는 혐의로 경찰에게 과 잉진압을 당해 살해되었다. 경찰은 불기소 처분을 받았다.

는 시체 떼들이 쳐들어오던 밤에서 살아남고 백인 남자와 여자들이 잡아먹히는 걸 막아 냈음에도, 날이 밝아 집 밖으로 나오자 경찰은 벤이 좀비라고 생각해 즉시 사살한다.

영화의 엔딩은 흑백 스틸사진들의 몽타주이고 호러 영화라기보다는 다큐멘터리와 비슷하다. 경찰은 벤의 몸에 갈고리를 찔러 넣고 헛간에 쌓아 놓은 시체 더미로 질질 끌고 가 함께 불태워 버린다. 좀비들은 살을 뜯어 먹기 위해 인간을 무자비하게 쫓아다녔지만 맹목적 본능에 따른 행동이기 때문에 무고하다. 경찰은 우선 총부터 쏴 버리고 나중에 질문도 하지 않는다. 좀비의 노골적인 표시—느린 걸음걸이, 신음, 죽은 눈과 썩어가는 살—가 없는데도 경찰은 흑인의 모습을 보자마자 자동으로 위험을 느낀다. 조던 필이 오스카에서 최우수 각본상을 받기 전, 골든글러브가 눈치 없게 거들먹거리며 그의 영화를 뮤지컬&코미디 부문 후보작으로 선정했을 때 필은 이렇게 대답했다. "〈겟아웃〉은 다큐멘터리다."

인간에서 상품으로의 전환은 괴물화 과정의 첫 단계이다. 프랭크 B. 와일더슨은 사회적 좀비화 과정을 "사회적 사망"이라고 불렀다. 흑인의 몸('흑인'이 아니라 흑인의 '몸')은 이유 없는 폭력과 무차별적 비하에 속수무책이며 착취 대상이다. 괴물은 그 본질적 기괴함으로 인해 멸시받고 두려움의 대상이 된다. 괴물은 위험하고 위협적이므로 고문당하거나 살해될 수 있고 처벌 대신 불구로 만들 수 있다. 내가 흑인성을 괴물성과 동치시키는 것처럼 들릴 수도 있다. 그렇지 않다. 내 말은 비인간화 과정이 곧 괴물화 과정이라는 뜻이다. 하지만 괴물은 힘을 가지고 있다.

빌 건의 1973년 영화 〈간자 앤 헤스Ganja & Hess〉는 인류학자 헤스 그린 박사(이 역도 두안 존스가 연기했다)가 롤스로이스 뒷좌석에 앉아 이마에 손을 대고 있는 장면으로 시작한다. 운전사가 보이스오버로 말한다. "박사님은 중독자입니다. 범죄자가 아니에요. 피해자입니다. 피에 중독됐어요." 조교 조지 메다(빌 건)가 아프리카 부족의 흡혈 저주가 걸린 단검으로 헤스를 찔렀다. 하지만 헤스를 뱀파이어라고 부르지 말자. 그는 흡혈 저주로 고통받는 인간이다.

메다는 흡혈 저주를 그린 박사에게 떠넘기고 자살한다. 메다의 아내 간자(말린 클락)는 남편의 시체가 냉동고에 있는 것을 보고 처음에는 공포에 질리지만 심사숙고한 끝에 자신의 고통스런 어린 시절 이야기를 들려준다. 아이들과 신나는 눈싸움을 하고 오자 어머니는 간자가 남자애들과 놀아나는 헤픈 계집애라고 야단쳤다. 간자는 잘못한 게 없다고 주장했지만 어머니는 믿으려 하지 않았다. 간자는 이렇게 말한다.

마치 내게 병이라도 있는 것 같았어요. 간자라는 병에 걸린 것처럼요. 그리고 그날부터 나는 그녀에게 그 병을 전부 옮겨 주겠다고 결심한 것 같아요. 내가 무엇이든 그걸 전부 간자가 가질 수 있게요. 그날 나는 간자를 부양하고, 해야 할 일은 뭐든 하고, 어떤 수단이든 쓰겠다고, 하지만 언제나 간자를 돌보겠다고 마음먹었죠.

헤스가 사람의 피에 중독된 걸 간자가 알게 된 후, 헤스는 묻는다. "내가 정신병자라는 게 두렵지 않아?" 간자는 미소를 짓고 어깨를 으쓱하며 말한다. "뭘요. 모든 사람은 다 일종의 괴물인데." 간자는 돈을 보고 헤스와 결혼하기로 결심하고 그처럼 뱀파이어가 되어 불사의 삶을 사는 데 동의한다. 헤스는 죄책감으로 자살하지만 간자는 자신의 불멸성, 기이함, 괴물성, 힘을 완전히 수용하며 계속 살아간다.

괴물이 되면 어둠 속에서도 볼 수 있는 능력이 생긴다. 타자는 그 두려운 암흑을 명백하게 보고 의식할 수 있다. 인간의 내심을 공포로 물들이는 존재가 되면 인간보다 아는 게 많아지고 인간 자신보다 인간을 더 많이 알게 된다. 이는 위험하다. 그리고 당연히 마을 사람들은 언제든 횃불을 들 준비를 하겠지만 괴물은 언제든 여러분이 가기 무서워하는 곳에 살고, 여러분이 자는 동안 여러분을 지켜보며, 여러분이 볼 수 없는 그림자 속에 숨고, 주인이 보지 않을 때 찻잔에 독을 탄다. 괴물은 여러분이 지난여름에 한 일을 알고 있다. 미국은 살인을 저지르고 400년 동안 도망쳤고 그날 이후 편히 두 눈 감고 잠들지 못한다.

내 연인의 머리카락은 검은색[49]

'새까만very black'이란 말은 없다. 백인들만이 이 단어를 쓴다. 흑인에게는 '까맣다black'는 말로도 충분하다(이 말도 사실 좀 과하다. 흑인들의 대부분은 여러분의 검은색 노트보다도 까맣지 않기 때문이다). 어떤 흑인이 '존은 새까매'라고 한다면 존의 피부색이 아니라 태도를 언급하는 것이다.[50]

_프랭크 로스, 『오레오』

모르는 사람이었다. 하지만 우리 교회에 다니던 누군가와 비슷하게 생겼다. 60~70대쯤 되는 흑인으로 절로 '어르신'이라 부를 만한 사람이었다. 그는 굵은 검은색, 노란색, 빨간색 글씨로 '검은 기념일Black Celebration 1986'이라고 쓰인 내 티셔츠를 가리켰다. 그는 인상적인 미소를 지으며 고개를 끄덕였고 나는 그가 왜 그러는지 제대로 모르면서도 어르신을 공경하는 온화한 표정으로 잠시 가만히 있었다. "그

---

49 Black is the Color of My True Love's Hair, 니나 시몬의 1959년 노래.
50 black은 '비관적'이라는 뜻도 있다.

래! 기념해야지!" 나는 고개를 끄덕이고 부드럽게 미소 지었다. "네." "특별 행사인가?" 그가 물었다. 나는 혼란에 빠져 대답했다. "글쎄요. 전에 보긴 했지만…." 이번에는 그가 혼란스러워하더니 갑자기 뭔가 떠오른 것 같았다. "맞아, 밴드였지." 나는 뒤돌아서 그에게 디페쉬 모드의 로고와 투어 일정이 새겨진 티셔츠 등 부분을 보여 주었다. "아아." 그가 고개를 끄덕이더니 물었다. "그 친구들 흑인인가?" 내가 "아니요"라고 대답했을 때 그가 실망하리라는 걸 예상할 수 있었다. 그는 고개를 살짝 떨구었고, 같은 종류의 '흑인'을 기념하는 게 아니라는 사실을 서로 깨달은 순간 우리가 나누었던 흑인으로서의 유대감은 사라졌다. 갑자기 그 노래가 불쾌하게 느껴졌다. '또 다른 검은black 날'이 끝났음을 축하하는 그 모순어법적인 제목과 함께, '검은'이 끔찍한 그 무엇인가의 비유로 사용된 또 다른 예이다. 검은 날은 좋은 날이었던 적이 결코 없었기 때문이다. 언제나 어두운 쪽에 끌리는 사람, 한밤이 지나면 활개 치는 야행성 인간, 각광받기보다는 그림자가 되는 걸 좋아하는 사람처럼 검은색이 가진 부정적인 속성이 나에게는 언제나 긍정적인 것이었다. 나의 흑인성은 그런 부정적 속성과 아무 관계가 없다.

세월이 지나면서 내 옷장은 점점 더 검은색 옷으로 채워져 실체 없는 하나의 검은색 질감 덩어리처럼 되었다. 다양한 농도와 색온도, 무게, 소재, 질감을 가진 검은색 천들이 죽 늘어서 있는 것이다. 내가 검은 옷을 입은 게 아니라면,

그건 아예 검은색이라고는 아예 없는 흰색이나, 프롤레타리아적 중립성을 가진 샴브레이[51]처럼 검은색이 확실하게 '아닌' 이유가 있기 때문이다. 내가 검은색을 고르지 않을 때는 확실한 이유가 있어야 하는데, 그런 이유가 충분한 경우는 극히 드물다. 가끔은 회색도 괜찮다.

내가 고딕의 심장을 가지고 있는지는 모르겠다. 하지만 뉴욕의 크리에이티브 디렉터이기도 하며, 검은색은 일종의 예술 매니지먼트의 상징—백인이 주가 되는 관객들에 동등하게 맞서는 인간—으로 자리 잡아 왔다. 전신을 검은색으로 감싼 외관은 일관성과 단순성을 상징하는 권위 있는 유니폼의 성질을 가지고 있다. 이 검은 피부를 벗어 버릴 수 있다고 해도 나는 예수회 수도사의 검은색 수단을 매일 입고 다닐 것이다.

패션 디자이너 요지 야마모토는 "검은색은 겸손한 동시에 오만하다"고 말했는데 불편하지만 나에게 꼭 들어맞는 묘사이다. 깨알만 한 우월감도 없이 온종일 전신을 검은색 복장으로 감싸고 지내는 건 불가능하다고 생각한다. 검은색은 이러한 권위의 주요 요소이며 모든 색깔이 열망하는 기준이 되었다. "○○은 새로운 검은색이다"는 문구는 나에게 새로운 고전, 새로운 기본, 다음으로 필요한 것이라는 의미로 다가온다. 검은색은 일종의 자연스러운 멋, 매혹적

---

51 샴브레이는 어떤 색으로든 염색할 수 있다.

이면서도 두려운 잠재적인 냉정함, 신중하게 고려하는 동시에 수월해 보이는 무엇인가를 암시한다. 같은 이유로 '흑인성'은 멋지다고 분류되어 '힙합'을 암시한다. 백인들이 할렘에 있는 재즈 클럽에 다니기 시작한 것이 받아들여지고 흑인 아닌 사람이 소비하기 위해 상품화된 것과 마찬가지다. 흑인 아닌 사람의 흑인성은 아웃사이더의 반항이라는 가식과 반反 기득권이라는 허세를 암시한다.

검은색은 말 그대로의 다양성을 포함한다. 색소적으로는 모든 색을 한꺼번에 섞었을 때 검은색이 된다. 하지만 검은색은 모든 빛이 부재하는 상태이기도 하다. 검은색은 무無, 부재, 공허, 심연이다. 전부인 동시에 전무다. 검은색은 기밀 문서 삭제 부분의 검은색 외곽선, 젖꼭지를 가릴 수 있게 전략적으로 배치된 검은색 막대, 의식을 잃을blacked out 정도로 만취했을 때의 잃어버린 시간처럼 생략의 색이다. 검은색은 가리고 숨기고 지운다. 검은색은 의심을 불러일으킨다.

반면에 흰색은 일종의 도덕적 순수함과 처녀적 순결성의 상징이다. 어둠이 사악함을 나타낸다면 빛은 그 반대다. 흰 모자가 착한 사람이고 검은 모자가 악당이라는 건 다들 안다. 계몽en'light'ened은 지식, 자각, 명석함을 가지는 것이다. 이는 더욱 발전된 수준의 의식에 도달한다는 것을 정신적으로 함축한다. 어둠은 모든 것을 흡수하며 죄악, 우울, 비밀로 폄하된다. '어둠 속에 있다'는 것은 무식하고 무지한 상태에 있다는 의미이다.

고딕과 관련되어 검은색은 대부분 죽음을 상징한다(적어도 서양에서는 그렇다. 아시아에서는 대부분 흰색이 애도의 상징이다). 저승사자의 망토, 창궐하는 역병, 말라비틀어진 해골을 주워 가는 갈까마귀와 까마귀의 색깔이다. 닌자, 밤도둑, 해적의 색이다. 우울하거나 해로운 색채이며 때로는 동시에 둘 다이다. 수수께끼와 그림자의 색이고 밤의 아이들은 해가 졌을 때만 음악을 연주한다.

서브컬처로서 고스의 이미지는 검은 옷과 흰 피부의 팔레트이다. 고딕 문화의 스펙트럼에는 갈색과 검은색의 영향이 이어져 왔지만(멕시코의 '죽은 자들의 날', 아프리카계 카리브해인의 '불길한 징조hoodoo', 고대 이집트에서의 '사자의 상징symbols of the Dead') 고스는 문화적, 미학적으로 백인들의 것으로 인식되고 있다. 하지만 나는 이집트의 앙크ankh[52]와 스카라브scarab[53]가 십자가나 오각형 별 만큼이나 인기 액세서리였던 걸 기억한다. 고스는 종교나 문화, 민족에 관계없이 고대와 원시의 것을 빌려와 시험한다. 하지만 고스의 명성은 주로 병색 가득한 얼굴에 검은색 복장을 하는 점에 있다.

고스에서 흰색은 실내 또는 구름 뒤덮인 하늘 아래에서

---

52 고대 이집트에서 사용된 십자가 형태의 하나로 보통 십자가와 달리 윗부분의 수직 팔 대신에 고리가 달린 T자형 십자가이며, 생명을 상징한다.

53 풍뎅이 디자인으로 고대 이집트에서 혼의 지주로 신성시되었던 갑충(甲蟲). 미라 보존시 스카라브의 반지를 끼워 두면 죽은 자의 혼을 되돌려 준다고 믿었다.

만 살아온 듯한 과도하고 차가운 창백함에 있다. 뱀파이어의 눈이 부실 정도의 하얀 피부는 검은색을 훨씬 더 검게 만든다. 이는 묽은 색이 주는 은은함이나 갈색이 주는 따뜻한 편안함이라고는 하나도 없는 극단적인 대조로 이루어진 팔레트이다. 하얀 피부와 흰색이라는 아이디어가 고딕과 너무나 꽉 맞물려 돌아가면서, 흰색에서 검은색으로의 전환은 때로는 매우 기괴할 정도가 되었다.

흑인 고스 블로거 다나 딜리페드는 포스트에서 이런 질문을 던졌다. "창백한 색조의 파운데이션은 자신의 피부색을 부끄러워한다는 뜻인가?" 독자들의 일반적 대답은 "자기 하고 싶은 대로 하는 것"이었고, 자연산 머리카락과 편 머리카락 사이의 논쟁에서도 거의 비슷한 반응이었는데, 한편에서는 "스타일 취향과 미학적 선택"에 지나지 않는다고 주장했다. 반대편에서는 곧게 편 생머리relaxed hair, 꼰 머리카락weave hair, 비정상적으로 밝은 색조 화장은 백인의 미美라는 헤게모니적 기준에 순응하는 것이며 색色 차별주의라는 자기혐오의 수렁에 빠진 징후라고 반박했다.

어느 해 핼러윈에 나는 시트콤 〈플레전트빌〉에 나오는 '흑백 영화 속 인물'로 분장하고 사무실의 코스튬 파티에 참석했다. 나는 머리부터 발끝까지 다양한 색조의 회색 옷으로 차려입고 화장도 회색으로 했다(회색 파운데이션, 회색 아이새도, 회색 립스틱…). 검은색 스커트에 흰색 셔츠와 회색

카디건을 입고 타고난 갈색 눈을 가리는 두꺼운 검은색 선글라스와 가발을 썼다. 내 입으로 말하긴 그렇지만 끝내주게 멋있어 보였다. 백인 동료가 다가와서 나에게 낮은 목소리로 "그 복장은 정치적으로 올바르지 않아"라고 말했다. 나는 혼란에 빠져 "뭐?"라고 대답했다. 그녀는 "핼러윈에 백인처럼 차려입고 왔잖아!" 여러 가지 생각이 스치고 지나갔다. 이 사람은 내가 사무실 파티에 '백인' 복장을 하고 올 만큼 제정신이 아니거나 어리석다고 생각한 걸까? 언제부터 회색이 인간의 보통 피부색이 되었나? 그 외에 대체 무엇이 그녀에게 '백인의' 것으로 보여진 걸까? 나는 그냥 넘기기로 하고 그녀에게 내가 좀비 사서로 분장한 것이라고 말했다. 고스의 경우에는 의도가 중요하다. 백인처럼 보이려하는가, 또는 죽은 사람처럼 보이려 하는가?

만들어진 흑인성

'우울-melancholy'의 어원은 '검은색'을 뜻하는 그리스어 'melan'과 '분노'를 의미하는 'khole'이다. 그 유래는 5세기 히포크라테스의 체액론體液論인데, 인체는 그 내부를 흐르는 체액인 혈액, 황담즙, 흑담즙, 가래의 균형에 의해 유지된다는 이론이다. 흑담즙은 시무룩함, 두려움, 계속 이어지는 슬픔의 원인이 되는 '우울한-melancholic' 체액으로 간주되었다.

하지만 혈액이나 가래와는 달리, 흑담즙은 생물학적 근거가 없다. 흑담즙은 순수한 효과를 내는 물질이며 점액이나 혈장이 아니다. 슬픔은 그 자체의 물질을 만들어낸다. 흑담즙은 변질된 피부가 혈류로 스며들어 두통, 현기증, 마비, 간질, 신장과 비장의 병을 유발한다고 주장하는 매우 혐오스러운 이론이다. 자기반성, 감상주의, 과도한 비탄, 고독, 소외감, 염세주의, 그리고 냉소주의를 검은색이 너무 많은 탓으로 돌린다(스탠리 W. 잭슨, 『멜랑콜리아와 우울』, 1986).

검은색은 색깔, 기분, 존재 상태이며 이 모든 속성은 인종으로서의 흑인을 구축하는 데 이바지한다. 흑인은 자연 상태에서는 존재하지 않으며 만들어져야 했다. 검은색은 흑인(또는 깜둥이)가 되어야만 했다. 심지어 '유색인'이란 단어도 피부색에 따른 정체성을 상정한다. '백인이 아닌' 존재인 것이다.

만들어진 흑인성은 재산권으로서 노예 제도의 중요한 마케팅 도구였다. 사람을 사고파는 걸 정당화하기 위해서는 노예가 노예 상인과는 정반대의 존재, 노예 상인의 문화적 색채와는 반대쪽 극단에 있는 존재여야만 했다. 한 인간이 다른 인간과 구별되는 게 피부색이라면 그 피부색은 과도한 수준의 억지스러운 의미를 담아야만 했다. 계몽주의 시대에는 고딕 장르와 함께 인종 분류도 탄생했다. 전자는 혼돈을 반겼지만 후자는 질서를 갈망했다. 전자는 어둠을 수용했지만 후자는 매도했다.

1767년, 스웨덴의 박물학자인 칼 린네는 『자연의 체계』를 저술했다. 이 책에서 린네는 인류에 대한 피부색 기반 분류법을 창안했다. 각 대륙의 인류는 전통적인 특유의 속성과 더불어 지정된 색의 체액을 가지고 있다. 유럽인들은 흰색으로 낙관적이고 온화하다. 아메리카 원주민은 붉은색으로 성마르고 완고하다. 아시아인들은 노란색으로 음울하고 엄격하다. 아프리카인들은 검은색으로 무기력하고 게으르다. 1775년, 요한 프리드리히 블루멘바흐는 『인류의 자연적 다양성』을 썼는데, 인류를 코카서스인, 말레이시아인, 에티오피아인, 아메리카인, 몽골인이라는 다섯 인종으로 구분했다. 블루멘바흐는 인류일원론monogenism을 전면에 내세웠다. 모든 인종은 오직 하나의 조상(백인)으로부터 유래하나 환경과 부실한 식생활 때문에 퇴행적으로 피부색이 검어졌다는 이론이다. 18세기에 살았던 외과 의사 찰스 화이트는 백인과 흑인은 완전히 다른 종이라고 생각했다. 백인을 정상으로 보는 가정은 백인 아닌 인종을 단순히 열등하고 미개할 뿐만 아니라 완전히 다른 종으로 간주했으며, 미국은 이 가짜 과학을 완전히 떨쳐낸 적이 없다.

알랭 바디우가 '색깔이라는 허깨비phantasmtics of colors'라고 부른 이 이론은 인류의 생물 다양성이라는 사이비 과학에 의해 정당화되었고, 그 결과 노예 무역상들은 아프리카인들을 인간이 아닌 것으로 취급할 수 있게 되었다. 법령에서 아프리카인들은 인간이 아닌 것으로 규정했기 때문이다. 인지부조화를 유지하기 위해 노예 매매가 필요했고 그 과정에서 인간에 대한 신체적·정신적 고문이 시작되었으며 흑인의 본성은 노예 상태에 맞게 유전적으로 조정되어야 했다. 흑인은 고통에 대해 더 높은 인내가 요구되었고(오늘날까지 계속되는 신화다) 잠을 덜 자야 했으며 예술을 감상하고 창조하는 감성과 능력이 부족해야 했다. 흑인은 육체적, 감정적으로 느낌이 떨어져야 했다. 따라서 그들이 느낄 수 있을 정도까지 구타할 수 있었고, 휴식이 필요하지 않았기에 해가 뜰 때부터 질 때까지 일을 시킬 수 있었다. 게다가 흑인들은 감정적으로 예민함과 복잡함이 부족한데 이는 열등한 생명과 영혼을 암시했다. 흑인의 육체는 "기억, 그리움, 실망 또는 공포 같은 인간적 특성에 의해 지체되거나 방해되지 않을 것이다(콜린 디키, 『고스트랜드』, 2016)." 흑인의 육체는 짐승보다 못한 기계였다.

생물학자, 박물학자, 사회과학자들이 발표한 글들을 통해 흑인은 '흑인성'이 되었다. 흑인성은 기질, 병리학, 경제적 지표, 정량화할 수 있는 속성, 필요에 따라 전환시키고 변형시킬 수 있는 정의 가능한 무엇이다. 흑인들은 게으른 동시에 노동에 적합했고, 어린애 같아서 지도가 필요하지만 난폭하고 공격적이다. 흑인 남자는 성적 능력을 타고났고 흑인 여자는 문란하다. 우리는 수박과 프라이드 치킨을 좋아한다. 우리는 노래하고 춤출 수 있고 (스키와 수영을 제외

한) 스포츠에서 월등하지만 캠핑은 가지 않는다. 교회에 다니지만 심리 치료를 받지 않는다. 타일러 페리[54] 영화와 모스카토 와인을 좋아한다…. 속성의 목록을 특정하고 특성이 정의될수록 인간성은 감소한다. 인간성이 감소할수록 학대하고 감시하고 무시하고 탓하고 착취하고 살해하기 쉬워진다. 하지만 우리가 '흑인성'이라 부르는 정체성은 수명이 짧고 결과는 항상 변화하고 조정된다. '유일하고 진정한 흑인성'이란 없으며 정의되지 않을수록 예측 불가능하고 통제하기 어려워진다. 정의되지 않은 존재가 더 두렵다.

통제의 방법론으로서 흑인성을 정의하기 위해서는 흑인성이 비인간화의 수단이라는 기괴한 존재가 되어야 했다. 제국주의 유럽에 암흑의 대륙은 낯선 곳이었다. 1800년대 후반 빅토리아 시대 탐험가들과 선교사들은 아프리카인을 기독교도로 개종시키고 경제적으로 착취할 목적으로 아프리카를 탐험했다. 문명화의 밝은 하얀빛이 이 검둥이 이교도 야만인들을, 그들이 좋아하건 말건 비췄다. 빛과 어둠, 낮과 밤, 문명과 야만의 이 상관관계는 계속되었다.

옅은 검은색의 가내家內 노예와 짙은 검은색의 농장 노예라는 계층은 우리 문화에서 완전하게 지워진 적이 없다. 스파이크 리의 영화 〈스쿨데이즈〉의 무대는 흑인 대학인데,

---

54 미국의 유명한 흑인 감독 겸 코미디 배우.

옅은 검은색 피부의 '백인 워너비'인 여학생 클럽 학생들과
짙은 검은색의 '깜씨jigaboo'인 흑인 활동가들 사이의 갈등을
중심으로 이야기가 전개된다. 당시 부유층 흑인 교회, 협회,
클럽, 사회 단체는 옅은 검은색의 엘리트와 짙은 검은색의
쓰레기들을 분리하는 일종의 카스트 제도로 '종이봉투 테
스트'를 사용했다. 피부색이 갈색 종이봉투보다 짙다면 문
전박대당했다. 또 다른 것으로 '정맥 테스트'가 있다. 손목
의 피부색이 정맥이 비쳐 보일 정도로 옅어야 했다. 앵글
로색슨계 정맥의 유전이 더 많다는 사실을 마지못해 인정
해야 하는 것이다. 이러한 엄격한 관행은 1950년대에 사라
졌을지도 모른다. 하지만 2016년에 배우 제시 윌리엄스가
BET^Black Entertainment TV 시상식에서 인종 차별주의에 관해
열정적인 연설을 했을 때 사람들은 그가 흑인을 대표해 발
언할 자격이 있는지에 대해 의문을 제기했다. 제시 윌리엄
스의 옅은 피부와 파란 눈 때문이다. 사람들은 그가 더 검
은 피부의 흑인이었다면 불가능했을 존중과 관심을 혼혈
이라는 특권 덕분에 누렸다고 보았다. 이 문제의 진실은 그
지적이 맞다는 점에 있다.

어둠

공포를 불러일으키는 가장 간단하고 효과적인 방법은

어둠 속에 처넣는 것이다. 한밤중에 열린 문 너머의 텅 빈 공간, 나무들이 어둠 속에 휩싸인 숲 가장자리, 지하실 아래 어둠 속으로 걸어 내려갈 때처럼 보이지 않는 곳에 있는 괴물은 볼 수 있는 곳에 있는 괴물보다 언제나 더 무섭다. 지하실 계단 제일 아래에는 좋은 게 없다. 그림자 속에 무엇이 도사리고 있는지 모른다. 그리고 그 미지의 텅 빈 곳은 머물기 불편한 공간이다. 우리는 볼 수 없지만 우리를 볼 수는 있는 어떤 것에 대해 일시적으로 불리하고 취약한 상태에 놓인다.

1757년 영국의 철학자 에드먼드 버크는 『숭고함과 미의 기원에 대한 철학적 탐구』를 출간했고 이를 통해 고딕 미학의 청사진을 펼쳐 보였다. 버크는 고딕적 특성이 "두려움의 기미를 띤 일종의 평온 상태인 매혹적인 공포"라고 과도하게 특정적으로 정의했다. 뾰족한 것은 완만한 것보다 더 무섭고 시선을 은밀히 빠르게 움직이는 것은 불안감을 준다. 아치형 입구 너머 끝없이 이어지는 듯한 긴 복도, 안개로 가려진 풍경, 끝이 어딘지 알 수 없고 그 영역도 보이지 않는 경계선 같은 것들이 가장 무섭다.

무엇인가를 더욱 두렵게 만들기 위해서는 일반적으로 모호함이 필요해 보인다. 어떤 위험이라도 완전히 알 수 있다면 눈을 거기에 적응시킬 수 있고 두려움은 대부분 사라진다. (밤은) 우리의 공포를 더해 준다.

버크는 어둠에 대해 할 얘기가 아주 많았다. 하지만 그가 주장하는 어둠은 검은색과는 다르다. 버크는 어둠이 불안하고 두렵고 우울하다고 말했다. 하지만 "검은 것은 어둠의 일부일 뿐이다. 빛을 전혀 반사하지 않거나 아주 조금 반사하는 검은 물체는 수많은 빈 공간이 우리가 보는 대상 속으로 흩어져 들어간 것에 지나지 않는다." 검은색은 빛의 한가운데 있는 어둠의 조각이며, 색깔들 사이에서 색깔이 없는 것이다. 버크는 요점을 설명하기 위해 다음의 일화를 예로 든다(강조는 필자).

체슬던 씨는 우리에게 어떤 소년에 대한 흥미로운 이야기를 들려주었다. 이 소년은 눈이 먼 채로 태어났고 열서너 살까지 장님으로 살았다. 그러다가 백내장 수술을 받고 시력을 찾았다. 그는 난생처음 눈으로 보면서 인식하고 판단한 많은 특별한 것들 때문에 매우 불안해했다. 그리고 얼마 후 **우연히 깜둥이 여자를 보고 엄청난 공포에 사로잡혔다.** 이런 연상에서 공포를 느끼는 경우는 드물다. 이 소년이 또래에 비해 특별히 주의 깊고 예민했을 수도 있다. 따라서 이 소년이 **처음으로 흑인을 보고 큰 불안을 느꼈던 이유**가 그가 가졌던 다른 불쾌한 개념과 연관되어서 그랬다면 이를 생각해 보고 언급했을 것이다.

버크에게 그 깜둥이 여성이 가진 '검은색'은 그녀가 보이는 동시에 보이지 않고 신체적으로 무無이며 유형적으로는 그림자라는 것을 의미한다. 비인간화 계획에서는 흑인을 인간 아닌 것, 사회적 인지 외부의 대상으로 위치시킨다. 흑인이 아닌 소년에게 흑인 여성은 어떠한 부재, 실재하지 않는 것으로 인식되었다. 살아 있고, 숨 쉬고, 말하는 무無이다. 흑인성은 단순히 기괴함에 그치는 게 아니라 유령 같은 것이다.

나는 '아프리카계 미국인'보다는 '흑인'을 선호한다. 전자는 미국에 사는 다른 지역 출신의 디아스포라 흑인을 배제하는 데다 아프리카에서 끌려온 노예의 자손과 관련된 함축적 의미가 있다. 흑인이 전부 노예였던 것도, 미국의 모든 흑인이 아프리카 출신인 것도 아니다. 18세기에 있었던 분류화 시도의 영향을 받은 형식주의적 개념이기도 하다. 미국에서 볼 수 있듯 흑인들은 치열하게 싸워 왔고 지금도 싸우는 중이지만 나는 이 이름이 잘못되고 지나친 것 같다. 백인 우월주의 과학자들은 우리를 다른 존재라고 규정했고 우리의 실체가 무엇이든 백인은 그와는 반대되는 존재가 되어야 했기 때문이다. 깜둥이에서 흑인종으로, 아프리카인에서 아프리카계 미국인으로, 검둥이에서 유색인종이 된 것처럼 용어는 우리에게 주어진 것으로부터 우리가 우리 스스로를 규정하는 쪽으로 계속 변하고 있다. 수많은 사회 정치 운동을 통해서도 유지된 용어는 '흑인Black'이며 내가 모든 색깔 중에서 검은색을 가장 좋아하는 이유이기도 하다. 검은색은 명료하고 직설적이다. 모호함이 없다. 강하고(나도 그렇게 되길 바란다) 약간 쌀쌀맞다(나도 가끔 그렇다). 내가 '흑인'을 선호하는 이유는 검은색에는 다양성이 담겨 있기 때문이다. 전부이자 전무이기 때문이다.

비둘기들이 울 때[55]

여러분이 지금 서 있는 곳은 과거에 노예들이 수용되었던 장소
입니다.

_앨라배마주 몽고메리의 레거시 박물관

많은 흑인들과 마찬가지로 나도 켈로이드가 잘 생긴다.
열세 살 때 드디어 귀를 뚫게 되어 기뻤지만 뚫은 자리가
곪아서 붓는 걸 보고 실망했다. 켈로이드는 상처가 난 자리
에 원래 것보다도 크게 자라는 흉터다. 치료 과정에서 흉터
는 처음 상처 범위를 넘어 더 넓어지면서 원래보다도 더 크
고 뚜렷하고 영구적인 흔적을 남긴다. 상처의 증거는 그 표
시 자체로 자연스럽게 객체가 된다. 상처 입은 사람은 상처
자체의 표시와 문제로 인해 결코 그 상처를 잊지 못하게 된
다. 그저 계속 치유되고, 치유되고, 치유될 뿐이다….

나는 '치유'라는 단어가 싫다. 기억과 애도를 말하는 용
어 중 일부이지만 온건하고 자연스러운 복원을 암시하는

---

55 When Doves Cry, 가수 프린스의 1980년대 메가 히트곡.

너무나도 순진하고 소극적인 표현이다. '개방성 상처open wound'는 노예 제도가 남긴 아물지 않은 상처를 설명하는 데 종종 쓰이는 용어이고 피투성이의 함의를 지니고 있다. 치료와 상처는 피부와 근육을 파고들어 내장까지 닿을 정도로 깊게 베인 신체 손상, 갈라진 채 그대로 두면 곪게 되는 일종의 내상을 입은 몸을 암시하는 단어이다. 노예 제도의 상처를 치료하는 과정은 내가 켈로이드를 치료하는 것 이상이다. 원래 베인 자리는 치료되었을 수 있지만, 더 크고 원래대로 돌아가는 무언가가 그 자리를 대신하면서 시간이 흐름에 따라 자신만의 창조물로 돌연변이된다.

코미디의 공식이 비극 더하기 시간이라면 고딕도 마찬가지라고 할 수 있다. 상처를 입은 뒤 애도의 효과가 우울의 미학이 되기에 충분할 정도로 오랜 시간이 지난 뒤에야 과거를 낭만화할 수 있다. 18세기의 부자들은 자신들의 땅을 가짜 중세 폐허의 잔해로 장식했다. 하지만 실제로 공성攻城 망치가 정문을 부수는 상황이라면 이런 가짜 건축 장식은 별로 매력적이지 않을 것이다. 고스(고딕) 미학에 영감을 준 죽음의 문화는 유럽 전역에 걸쳐 흑사병이 창궐해 수억 명이 사망했고 두개골과 해골이 예술과 오브제가 되었던 중세에서 유래했다. 백년전쟁에서는 수백만 명 이상이 죽었다. 죽음이 일상생활의 구조에서 상당 부분을 차지하면 그때부터 하나의 문화가 된다.

린치 장면을 그린 엽서부터 거친 화질의 경찰 블랙박스 영상에 이르기까지, 죽은 흑인의 시체는 언제나 미국 풍경의 일부였다. 클라우디아 랜킨은 "공공장소에 비무장인 채 살해된 흑인의 시체는 슬픔을 우리 일상의 감정, 즉 늘 어디서든, 심지어 별로 문제없어 보이는 장소에서도 무엇인가 잘못되고 있다는 느낌으로 바꾸어 놓는다"고 말했다. 21세기 흑인과 1400년대의 유럽인에게 공통되는 점이 있다면 죽음과의 밀접한 관계일 것이다.

죽음은 인간이 경험하는 가장 보편적인 동시에 가장 신비한 현상이라는 기묘한 위치를 점하고 있다. 죽음은 불쾌한 동시에 매혹적이고 고딕은 그 둘 사이의 아슬아슬한 공간 위에서 균형을 잡고 있다. 죽음은 고딕과 호러가 형성되는 핵심이다. 죽음의 두려움과 공포에 마주하고 내세의 신비, 사후에 행해지는 의식과 그에 사용되는 모든 복장과 장신구를 탐구한다. 캐럴 마거릿 데이비슨은 이를 '죽음의 시 necropoetic'라고 불렀다. 계몽사상의 세속주의와 합리주의는 내세의 천국이라는 보증이 더이상 확고부동하지 않음을 의미했고, 따라서 죽음에 대한 불안이 대두했다. 이러한 종류의 의심은 명확성과 구조를 열망하고, 죽음에 대한 추모는 수행 가능한 관행을 필요로 한다. 따라서 애도는 '과도한 우울에 적합한 더욱 근심 어린 과정'이 되었다.

체액론의 핵심은 균형이다. '과도한 자기반성'과 '감상적인 태도'는 육체에서 분출되고 배설되고 배출될 수 있었다. 하지만 자기반성과 감상주의의 극히 일부는 육체에 좋을 수 있다. 인간은 시를 쓰거나 안개 낀 풍경을 그릴 수 있을 정도로만 우울의 점액질이나 슬픔을 비장脾臟에 보유하는 게 이상적일 것이다. 너무 많으면 출구 없는 병적 고통에 빠져들고 형이상학적 변비에 걸릴 것이다. 하지만 18세기에 이르러 체액론은 신빙성을 잃었고, (후에 우울증이 되는) 우울은 지성, 감성, 고상함과 더 많이 연계된 감정으로 간주되었다. 염세적 권태감, 죽음에 대한 관심을 지속적으로 보이던 무덤의 시인들[56]과 우울 애호가들[57] 사이에서 형성되었던 죽음을 둘러싼 '시체의 문화necroculture'에는 어떤 품격이 있었다(캐럴 마거릿 데이비슨, 『고딕과 죽음』, 2017).

애도와 우울을 내보이는 방식은 고딕과 고스의 일부이다. 애도를 표시하는 유형물, 그리고 애도를 실행하는 방법과 관련해 그 미학이 형성되었고 애절함은 낭만주의의 분위기를 취했다. 고딕 멜랑콜리아의 연극적 과장성과 임상에서 말하는 우울증은 차이가 있다. 고딕 멜랑콜리아는 슬픔과 과장된 감정의 테다 바라[58]식 팬터마임이다. 수용소

---

56 Graveyard Poets, 무덤의 해골, 관, 비석에서 떠오르는 필멸에 관한 우울한 성찰을 특성으로 하는 18세기 영국 전기 낭만주의 시의 한 유형.

57 Gloomths, 무덤의 시인들의 영향을 받아 우울을 예술의 형태로 구현했다.

58 19세기 말 무성 영화 시대의 유명 여배우.

로서의 우울인 것이다.

미망인의 현대적 상복, 애가哀歌를 연주하는 일렉트로닉 밴드, 해골 액세서리, 무덤에 묻힌 사람이 아니라 묘비의 디자인을 기초로 무덤을 선택하고 그리워하는 행동은 고딕 미학의 일부이다. 하지만 이는 보편적 애도가 아니라 앵글로색슨식 절망의 일종이다. 가슴을 치며 대성통곡하거나 추모 행진을 하는 게 아니다. 침묵의 애도이다. 느릿하게 움직이는 동작 하나하나, 감상적인 문화, 손바닥으로 이마를 부드럽게 짚고 있다가 기절하는 것, 빨간 핏자국이 선명하게 보이는 반짝이는 흰색 손수건을 입에 대고 하는 기침이다. 고스(고딕)는 죽음의 낭만주의다. 교회, 무덤, 장례식장이라는 배경을 벗어나 한낮의 햇빛 속으로 나온 애도가 보여 주는 무시무시한 광경이다. 배우 데이비드 크랩은 회고록 『문제아Bad Kid』에서 열네 살 때 살던 텍사스 교외 동네에서 고스 아이들 무리를 봤던 장면을 썼다. "저런." 아버지는 한숨을 쉬셨다. "장례식에 가는 슈퍼히어로들 같구나." 고스는 패션이고 색채이고 음악 장르인 동시에 자세와 태도이기도 하다.

미주리주 인디펜던스에 간다면 레일라Leila 헤어 박물관(내 이름의 철자와 똑같은 건 단지 우연일 뿐이다)에 들러보기를 권한다. 일렬로 늘어선 상점가의 미용학원 뒤에 자리한 이 박물관에는 빅토리아 시대의 헤어아트, 연인을 추모하기 위해 복잡한 모양으로 짠 머리카락 화환 수백 점이 수집되어 있는데, 1865년 여성 유권자 연맹 회원들이 만든 작품들도 포함되어 있다. 옛 연인의 머리카락을 넣어 만든 브로치, 너무 일찍 죽은 아이들의 머리카락 장식과 함께 그린 풍경화도 있다. 죽음은 거실 벽을 장식하고 펜던트에 들어가고 과부나 홀아비 같은 사람들이 끼는 추모 반지의 검은 테두리 안에 엮여 들어간다.

우리 엄마는 흑인이지만 피부색이 연하고 머리카락도 구불구불하지 않아서 얼핏 보아서는 백인으로 오해하기 쉽다. 내추럴 헤어 차트[59]에 따르면 내 머리카락은 굵고 짧은 곱슬머리인 4A고 엄마는 가늘고 웨이브가 있는 2C다. 나는 고등학교 시절에 쇼핑몰에서 온 소포를 받은 적이 있다. 반송 주소는 없었는데 내가 찾지 못했을 수도 있다. 어쨌든 기억나지 않는다. 소포 안에는 길고 굵고 짙은 갈색의 땋은 머리카락 장식이 든 지퍼백이 있었다. 메모도 없었다. 어딘가 적이 있어서 나한테 일종의 저주를 건 것이라고 확신했지만 며칠 뒤 할머니한테서 편지를 받았다. 엄마가 어렸을 때부터 간직했던 엄마의 머리카락을 보냈다는 내용이었다. 할머니가 왜 편지를 머리카락과 함께 보내지 않았는지 모르겠지만 그건 중요하지 않다. 나는 엄마의 머리카락이 든

---

59 오프라 윈프리의 헤어 스타일리스트 안드레 워커가 만든 머리카락 분류법으로 가장 대중적으로 사용된다.

비닐봉지를 아직도 가지고 있다. 엄마가 아직 살아 계실 때 그 머리카락으로 내 머리 장식을 만들고 싶다.

고스가 상복의 일부를 가져와 자신들의 시대에 자신들에게 맞는 형태를 만들어 내긴 했지만 빅토리아 여왕에게 감사해야 한다. 빅토리아 여왕이 남편 앨버트 공을 여의고 3년 동안 상복만 입자 상복은 양식화된 애도 시스템의 필수 복장이 되었다. 패션과 에티켓의 사회적 규칙이 사별의 의식과 뒤얽혔다. 여기에는 검은 크레이프 천으로 만든 베일, 특별한 검은 챙모자와 보닛, 흑요석 장신구가 곁들여진 두꺼운 검은색 드레스가 포함된다. 애도의 편지에 사용되는 검은 테두리가 쳐진 편지지는 내용을 따로 적지 않아도 죽음을 나타냈다. 애도는 정형화되고 진부하고 소모품화되었으며, 콜레라와 장티푸스 때문에 모든 사람이 애도하게 되었다. 애도의 기간은 관계의 밀접도에 따라 달라졌고 '깊은', 또는 '진심의' 애도에서 '절반의' 애도로 이행했다. 이 '절반의' 애도에서는 검은 옷 대신 회색이나 보라색 옷을 입는 게 가능했다. 서신에 사용되는 검은 테두리의 폭은 시간이 지남에 따라 좁아졌다. 우리는 애도를 하나의 내러티브로, 부정, 분노, 협상, 우울, 수용으로 이어지는 직선형의 과정으로 이야기하는 데 익숙해진다. 이를 통해 극심한 고통은 견딜 만한 아픔으로 줄어들고 짙은 검은색은 마침내 회색으로 바랜다.

애도가 절차적이라면 우울은 지속적이다. 애도의 경우 잃어버린 대상은 새로운 것 또는 사람으로 대치되고, 다른 무엇인가가 상실의 구멍을 메우는 데 도움이 될수록 슬픔은 변형되고 줄어든다. 우울은 이와 반대로 영구적인 애도의 상태이다. 우울에는 대체물도 없고 회색으로 바래지도 않으며 잃어버린 대상은 자기 속으로 스며들어 우리는 애도하는 동시에 애도를 받는 존재가 된다. 우리는 우리가 그리워하는 무無이다. 시작도 과정도 끝도 없다. 우울은 이야기의 한가운데에서 깨어나 그저 거기에서 머문다. 우울은 주제도 없이 애도하는 일종의 정체 상태이자 짝이 되는 양陽의 형태가 없는 음陰의 공간이다. 우울은 갈 곳도 할 일도 없어 그저 '있는' 상태이다. 잃어버린 대상이 꼭 사람이어야 하는 것도 아니다. 잃어버린 집, 언어, 종교, 역사일 수도 있다. 그리워하는 사람, 장소, 또는 물건이 원래의 형태를 너무나도 잃어버리거나 산산이 조각나 흩어지고 그 존재가 전면적으로 부인되면 그 잃어버린 대상은 미지의 상태로 방치된 채 자아와 문화 속으로 스며든다.

1865년에 노예 제도가 폐지된 후, 남부의 농업 지대는 흑인들이 의존하던 공짜 노동력이 사라지고 해방 노예는 스스로 먹고살 수단이 거의 없어지게 되었다. 기존의 소작제에서 흑인은 자신들이 노예로 일하던 그 농장에서 일했지만 이제는 '소작인'의 신분으로 수확물의 일정 비율을 백인 주인에게 바쳐야 했다. 백인 주인들은 종종 폭리를 취하거나 흑인들이 받아야 할 정당한 몫의 임금을 속이는 방법으로 그들을 이용했다. 백인 우월주의는 흑인을 백인으로부터 분리하고 접근과 이주를 제한한 짐 크로 법과 레드라이닝red-lining[60]을 통해 유지되었다. 제도화된 감시와 과도한 치안 유지 활동은 불균형하게 많은 수의 흑인이 사소한, 또는 날조된 법 위반 행위를 이유로 철창 신세를 지게 했다(지금도 여전히 그렇다). 오늘날 영리 목적의 교도소 산업은 생산 인력을 무상으로 제공하고 있다. 다른 말로 노예 제도다. 노예 해방에도 불구하고 재건 시대는 파괴된 것을 거의 복구하지 못했다. 이미 발생한 사회적, 심리적 손실은 계속되었고 부랑자 단속 명목의 흑인 단속법과 고용 계약화된 노예라는 제도적 함정은 여전히 남아 있다. 이 제도적 함정은 계속해서 형태를 바꾸었고 명칭은 '주州의 권리', '법과 질서' 같은 기만적인 합법적 개념이나 '수용권[61]', '게리맨더링[62]' 같은 관료주의적이고 난해한 법률 용어로 변화했다. 그 결과, 계속되는 억압과 비인간화로 인한 개방성 상처는 계속되었고 치료할 기회는 주어지지 않았다.

노예 제도를 가능하게 만든 구조가 여전히 작동하고 있

---

60 은행이나 보험 회사가 특정 지역에 붉은 선을 그어 경계를 지정하고 그 지역에 대한 금융 서비스를 거부하는 행위.

61 정부가 공공의 사용을 위하여 보상을 대가로 사유 재산을 수용하는 권리.

62 특정 정당이나 후보에 유리하도록 부당하고 기형적으로 선거구를 획정하는 것.

는데 어떻게 망자를 애도할 수 있는가? 아직도 살아 있는 무언가의 죽음을 어떻게 극복할 수 있는가? 2008년의 대통령 선거로 잘 치유되어 간다고 생각했던 깔끔한 상처는 2016년의 막을 수 없는 커다란 괴물로 자라나고 말았다.[63]

조르지오 아감벤은 우울은 "지나간 것을 애도하고 대상의 상실을 기대하는 역설을 제시한다… 미완성과 파멸에 대한 기대… 도달할 수 없는 대상을 마치 잃어버린 것처럼 만들 수 있는 능력"이라고 주장한다. 노예 제도는 유형적인 면과 무형적인 면 모두에서 엄청나게 많은 상실을 남겼다. 대서양을 건너오는 중에 죽은 사람들, 노예 상태에서 살해된 사람들, 노동에 시달리다 죽거나 공공연히 살해당한 사람들, 뿔뿔이 흩어진 가족들, 단절된 가계 같은 것들이 있다. 수많은 시체가 있다. 하지만 사라진 것 중에는 잃어버린 정체성, 언어, 역사, 종교, 이름, 전통, 연대, 가능성, 미래도 있다. 이런 것들은 간단하게 갑판 너머로 던져 버리거나 땅에 묻어 버릴 수 없다. 배상하거나 복원할 수도 없다. 노예의 자손은 무엇을 잃었다고 말할 수 없다. 애초부터 가질 수 있었다고 할 만한 게 없기 때문이다. 미국에 도착한 흑인들은 이미 부재의 상태였고, 이미 가족과 사별했다.

애도가 무언가의 상실에 대한 것이라면 우울은 가져 본

---

63 각각 오바마와 트럼프의 당선을 말한다.

적도 없는 것에 대한 그리움이다. 따라서 만일 '흑인의 미국Black America'에 대한 무의식(그리고 사실상 무의식이라고 할 수 없는 의식) 속에 지속적인 애도의 상태가 남아 있다면 그 우울함을 어떻게 드러낼 것일가? 조이 데그루이는 이러한 상실의 영향을 '외상 후 노예 증후군Post-Traumatic Slave Syndrome'이라고 정의했다. 그 트라우마는 아프리카인 디아스포라가 가져온 수 세대에 걸친 구조적 억압, 그 배경에서 계속되는 투쟁 도피 반응[64], 과거의 폭력에서 물려받은 새로운 폭력, 새로운 억압으로 진화한 과거의 억압, 계속해서 무덤에서 걸어 나오는 망자들로 인해 초래된 것이다.

숨겨진 무덤

"관casket과 널coffin의 차이가 무엇일가요?" 나는 대답을 기다리지 않고 곧바로 말했다. "관은 이것처럼 직사각형입니다. 널은 발 쪽으로 갈수록 가늘어지는 옛날식 관이죠. 장례가 산업화된 이후 널은 사람의 모습과 비슷한 형태라 너무 섬뜩하다고 생각되었습니다. 널 안에 사람이 들어 있음을 상기시키니까요." 나는 죽음에 대해 많이 생각하고 말하

---

64 긴급 상황에서 빠른 방어 행동 또는 문제 해결 반응을 보이기 위해 흥분한 생리적 상태.

는 사람인데도 장례식이 매우 불편하다. 그리고 나는 오빠가 아무 말도 하지 않는 걸 보며 이모의 장례식에서 죽음 얘기를 하는 건 좋지 않을 수도 있겠다는 생각이 들었다. 하지만 나는 죽음과 애도에 대해 항상 생각하고 있는데, 막상 내가 그 죽음과 애도의 한가운데에 있을 때 그에 대해 침묵해야 한다는 게 힘들다. 나는 자기의 장례식을 계획하고 있는 여성을 핀터레스트에서 본 적이 있다. 세계 각지의 예비 신부들이 자신들이 바라는 라이프스타일을 올리는 온라인 플랫폼이다. 그녀는 이렇게 말했다. "내가 결혼할 수 있을지는 모르겠어요. 하지만 죽는다는 건 알죠." 나는 그녀에게 영감을 받아 내 인생의 마지막을 계획하기 시작했다. 나는 장례식에 쓸 음악 재생 목록을 만들고, 좋아하는 꽃을 적고, 매장 방식(시신은 방부 처리를 하지 않고 관은 평범한 소나무 관)을 고르는 이 작업이 매우 평온하고 투명하다는 걸 알게 되었다. 어떤 수의를 입을까? 조문객들에게는 나를 추모하기 위해 무슨 옷을 입어 달라고 부탁할까? 나는 세상에서 마지막으로 어떤 몸짓을 취할까? 마지막으로 어떤 말을 남기거나 어떤 일을 하게 될까?

갓 파낸 무덤의 흙은 흙장난하기에 좋다. 유치원에 다닐 때 친구와 나는 6피트 깊이로 파낸 직사각형 구멍 가장자리에 앉아 손 가득 검은 흙을 퍼내 둥근 접시를 만들며 즐거워했다. 이 성스러운 공간을 우리 맘대로 사용한다는 게 신성모독이나 무례한 행동일지 모른다는 약간의 죄책감은 들었던 것 같지만 그것마저도 신났다. 흙장난을 마치면 우리는 번갈아 '장례식 놀이'를 했다. 둘 중 하나가 무덤 옆에 최대한 얌전하게 누워 있으면 다른 하나는 울면서 우리의 영원한 이별을 애도했다. 나는 묘지에서 오랫동안 놀았다.

19세기의 '무덤의 시인들' 이후, 무덤은 그 어디보다도 다크 로맨티시즘[65]의 중심지—죽음을 응시하기 위해 특별히 설계된 풍경—가 되었다. 무덤은 공원이 가지는 모든 즐거움을 제공해 주면서도 사람들 때문에 짜증이 나는 일이 없다. 드넓은 땅에 심어진 나무들, 완만한 구릉, 호수, 정성 들여 꾸민 유명인의 묘가 있는 브루클린의 그린우드 묘지는 나의 센트럴 파크다. 거대한 고딕 아치를 지나 대규모 공동묘지로 들어서면 발걸음을 늦추고 뒷짐 진 손을 움켜쥐고 공기를 마시며 주말 산책을 즐긴다. 묘지에서는 박물관이나 교회처럼 느린 발걸음과 낮은 목소리라는 일정한 예절이 필요하다. 조깅하는 사람이 가쁜 숨을 몰아쉬며 내 왼쪽을 지나가는 일도, 저지를 입고 자전거 탄 사람이 오른쪽을 쌩쌩 스쳐 가는 일도 없다. 에반 마이클슨은 묘지가 "홀로 있으면서도 사람들에 둘러싸인 유일한 장소"라고 말한 적이 있다. 나는 그 관점이 아주 마음에 들었다.

지금은 망자를 추모하는 다양하고 흥미로운 방법이 많

---

65 비이성적인 것, 악마적인 것, 그로테스크한 것에 매혹되는 낭만주의 서브 장르.

은데, 유골과 관계된 경우가 많다. LP에 재를 뿌리거나, 주머니에 넣어 묘목 아래 묻거나, 멋진 유리 딜도 안에 넣거나, 다이아몬드 안에 압축한다. 죽음을 긍정적으로 받아들이는 움직임은 현대 문화에 '죽음의 산파death-doula'를 다시 등장시켰다. 장례식은 집에서 한다. 사랑하는 고인의 몸을 가족들이 씻기고 옛날 방식으로 염을 한 다음, 자연 분해되는 수의를 입히고 환경친화적인 대나무 관에 모신다.

환경을 중시하는 나는 묘지 구역의 공간을 차지하는 건 무책임하고 널coffin에 관한 일종의 고루한 오만이라는 생각이 제일 먼저 들었다. 나는 좀 더 효율적이고 현대적인 걸 원했다. 하지만 묘비는 있었으면 좋겠다. 화강암 조각 아래 내 이름, 탄생일과 사망일을 새겨 넣고 싶다. 지금부터 40년 뒤에 고스 아이들이 장미꽃을 들고 무덤 위에 느긋하게 누운 모습이 내 초상이었으면 한다. 내 직계 가족들이 나를 찾아오는 것에는 흥미가 별로 없다. 내가 오랫동안 있어야 할 곳을 생각하는 것에 더 관심이 있다. 내가 주장하는 모든 것과는 상반되지만, 젠장, 내 이름을 새긴 돌이 땅 위에 있었으면 좋겠다.

그린우드 묘지의 5번가 쪽을 따라 정문에서 멀리, 금박 시대Gilded Age[66]의 장엄하고 웅장한 묘들에서 한참 떨어진

---

66 남북전쟁 후의 대호황 시대.

곳, 철망 울타리 너머에 있는 거석 근처에 현수막이 하나 있다. 거기에는 이렇게 쓰여 있다.

전설에 따르면 식민지 시대 때 주스트라는 흑인이 악마와 바이올린 대결을 했다. 주스트가 이겼고, 패한 악마는 바위 위에서 발을 굴러 자국을 남겼다. 이 바위는 최근에 선셋 파크의 땅에서 발굴되었는데 민간 설화인 '악마의 발자국'을 떠올리게 한다.

버스에서 너무 일찍 내리는 바람에 완전히 우연히 이곳을 만났다. 내 관심을 끈 건 그 위치도, 난생처음 들은 그 전설도 아니었다. 그 생뚱맞음 때문이었다. 그 거석은 진짜 바위가 아니라 그저 모형이었다. 위치도 부정확했고 대충 그 근처 언저리였다. 그 안일함이 유감스러울 지경이었다.

전설에 따르면 주스트(노예였는지는 확실하지 않다)는 어느 날 밤 결혼식에서 마신 네덜란드 진에 만취한 상태로 집으로 걸어가고 있었다. 바위에 앉아 잠시 쉬다 별이 총총한 하늘에 감탄해 바이올린을 꺼내 켜기 시작했다. 주스트는 연주에 몰두하느라 악마가 옆에 온 것도 깨닫지 못했다. 악마는 바이올린 대결을 하자고 도전했다. 주스트가 이겼고 악마는 화가 나 발을 구르더니 사라졌다. 다음 날 아침 주스트가 일어나 보니 주위는 허허벌판이었고 옆에는 빈 술병만 나뒹굴고 있었다. 나는 뭔가 영구적인 기념물이 있기를, 사탄마저 쫓아버릴 정도로 뛰어난 기예를 가진 흑인에게 어울리는 장소이기를 바랐다. 거대한 대리석 오벨리스크에 바이올린과 함께 다음과 같은 글이 로마자 대문자로 쓰여 있어야 했다.

주스트

악마를 죽인 바이올린 연주자

하지만 거석의 움푹 들어간 부분은 진짜 악마의 발자국이 아니고 위치도 그저 추정일 뿐이다.

(우리 생각에는)

이 지역의 이 부근 어딘가에서 어떤 흑인이 악마와 싸워 이겼다

(하지만 실화는 아니다)

죽음은 위대한 평등이라고 한다. 하지만 그린우드 묘지의 어떤 지역은 다른 곳보다 우월하다. 황금시대의 니커보커[67]들은 그들만의 파크 애비뉴를 따라 세워진, 스튜디오형 아파트 크기의 지하 안치실이 딸린 거대한 묘지에 묻혀 있다. '어떻게 죽었는가'는 '어떻게 살았는가'를 반영한다. 그리고 살아 있을 때와 마찬가지로, 가난하고 권리를 박탈당한 사람들은 개발이라는 이름 아래 깔려 버린다.

---

67 뉴욕에 이주했던 네덜란드인.

2017년 8월 그린우드에서는 1858년에 사망한 흑인 83명의 무덤이, 호화 묘지들에서 멀리 있고 도로에서는 가까운 한적한 지역에서 발견되었다(캐롤라인 스피백, "그린우드에서의 재발견과 복원", 1858). 부패 정치인 보스 트위드와 티파니 보석상 창업자 루이스 티파니가 묘지의 번화가에서 마지막 안식을 누린다면, 이른바 '다수의 유색인'이 쉬는 곳은 슬럼가다. 그들이 묻힌 곳은 제대로 된 기초 공사도 없이 지어진 가장 싸구려 구역이라 시간이 흐름에 따라 비석은 땅속으로 가라앉아 사라졌다. 묘지를 방문하거나 돌보는 이는 아무도 없었고 고인의 이름과 탄생일, 사망일은 망각 속으로 사라졌다.

도시가 해체되고 건설되는 과정에서 이런 이야기들이 종종 등장한다. 17세기의 흑인 매장지는 할렘 126번가 버스 터미널 아래에서 발견되었다(데이비드 던랩, "매장지의 증거가 이스트 할렘에서 발견되다"). 퀸스의 뉴타운에서는 놀라울 정도로 잘 보존된 흑인 여성의 시체가 강철 관 안에 든 상태로 발견되었다(〈망자의 비밀〉, PBS, 2018년 10월 3일). 노예와 하인들의 유골 역시 발견되었다. 공사는 중단되었고 망자들은 300년이 지나서야 뒤늦게 알려졌다.

브루클린 공공도서관 뉴랏츠 분관 건너편에 흰색 참나무 판자로 만든 멋진 네덜란드 개혁교회가 있다. 교회 앞 잔디밭에는 "누구든 환영합니다"라고 쓴 안내판이 있다. 교회 경내는 1800년대에 새겨진 삐뚤삐뚤한 회색 비석이 깔끔하게 유지되고 있다. 뉴랏츠 애비뉴의 도로 표지판 아래에는 '아프리카인 매장지 광장'이라고 쓴 추가 안내판이 있다. 나는 길을 가로질러 도서관으로 가 묘지에 대해 알아보았다. 사서가 말해 줬다. "독립전쟁 때 전사한 장교들과 병사들의 무덤이에요. 노예들은 이 아래 묻혔죠." 나는 마치 타일들 밑 지하실과 콘크리트 기초를 지나 그 아래 시체들을 투시해 볼 수 있는 것처럼 본능적으로 바닥 아래를 내려다보았다. 하지만 얼룩덜룩한 바닥, 그리고 우리가 내내 이름 없는 망자들 위를 걷고 있었다는 사실 말고는 아무것도 볼 수 없었다.

이런 장소 중 가장 유명한 곳은 맨해튼 브로드웨이 290번지에 자리한 아프리카인 매장지다. 시청에서 두 블록 떨어진 이곳에는 사무실 건물, 법원, 은행, 가게가 빽빽이 들어서 있고, 월스트리트와 세계무역센터에서도 멀지 않다. 아프리카인 매장지는 새 연방 건물이 세워질 예정인 별 특징 없는 거리에 있고, 누가 누구의 권리를 침해하고 있는지 판단하기가 쉽지 않다. 그 위에 무엇이 세워지든 아프리카인 매장지는 변변치 않더라도 추모를 위한 공간을 공유하게 된다.

1992년에 약 420명의 흑인(자유민 또는 노예)의 유해가 발견되었는데, 이들이 묻힌 곳은 1700년대에는 '흑인 매장지'로 알려졌다. 매장지의 전체 면적은 약 2만 8천 제곱미터로, 1만 5천에서 2만 명의 시신이 매장되었을 것으로 추정된다. 하지만 추모관은 한 블록의 겨우 3분의 1을 차지하고 있다. 유해들이 발견된 후 곧바로 이 현장을 어떻게 추모할 것인가에 대한 문제가 제기되었고, 전 세계의 아티스트와 디자이너를 대상으로 콘셉트를 공모했다. 제안들이 밀물처럼 쏟아져 들어왔던 건 생각난다. 다른 공모작들은 그다지 기억나지 않지만 수상하기를 진심으로 바랐던 작품은 하나 있다. 아티스트(스위스 아니면 네덜란드 출신으로 기억한다)는 발굴 현장만이 아니라 전체 부지 위에 세워진 모든 건물과 엘리베이터에 다음과 같은 안내판을 부착하자고 제안했다.

여러분은 지금 아프리카인 매장지 위를 떠다니고 있습니다.

바로 그거다. 이 안내판은 우리가 매일 겪는 역사적 기억 상실에서 깨어나게 작은 경종을 울리고, 스타벅스와 증권 거래소 위를 부유하는 우리에게 미국을 세운 흑인과 인디언의 피가 유령처럼 떠도는 암류暗流를 상기시켜 준다. 이는 조용한 사색을 의미하지 않는다. 정중한 헌사를 바치며 애도하는 사람들을 위한 것도 아니다. 매일 추모비 옆을 지나가면서도 아무 생각도 하지 않는 사람들을 위한 것이다. 이곳은 불편하고 어색하다. 치유를 위한 장소가 아니다. 고발의 공간이다.

프로젝트의 최종 수상자는 흑인 건축가인 로드니 리온

이었고 그 디자인은 누구나 예상 가능한 것이었다. 화강암에 활자체로 각인한 희망의 문구와 벽에 새긴 아프리카의 상징물. 무난하다. 대부분의 공공 기념물처럼 감정을 자극하는 기둥이 너무 높다. 냉정한 객관성과 합의가 창의성에 우선하기 때문이다. 매장지에서 가장 강력하고 흥미로운 부분은 잔디 표면 위의 둥근 직사각형 흙더미 일곱 개다. 유해는 하워드 대학으로 보내져 조사가 이루어진 후 매장지의 일곱 개 흙더미에 다시 모셔졌다. 형태가 단순하고 무덤인 게 명백했기 때문일 것이다. 나는 그 옆에 곡선 처리된 반들반들한 V자형 관보다 이 흙더미가 더 마음에 든다. 각인된 아프리카 지도와 상징을 치우면 기념비의 형태는 특징이 없다. 일곱 개의 흙더미는 그저 평범하며 상징적인 측면이 하나도 없다. 보이는 그대로다. 상업 건물과 관공서 건물들로 이루어진 풍경을 방해하는 무덤들일 뿐이다.

무덤은 이 세상과 미지의 세상 사이의 경계를 이루는 공간이고 평온과 고요가 보장된다. 단순히 시신이 발견된 곳에 그치지 않고 그 아래 묻힌 유해가 그 장소의 주인이 된다. 이 새로 발견된 매장지에서 유해들은 여전히 이름 없이 아프리카인, 노예, 전(前) 노예, 흑인 자유민 같은 포괄적인 집단으로 구분되어 있다. 이들 매장지에는 성스러움이 부족하다. 도시의 기반 시설에 삼켜져 도로 표지판의 부록이나 건물 측면의 안내판 신세가 되었기 때문이다. 뉴랏츠의 '광장'은 이들 특정한 유골들을 추모하기 위한 모호한 구역이며 눈에 보이지 않고 불확실하다. '랜드마크'의 역할로 격하된 이 빈 공간은 그 자체로 애도의 대상, 역사의 경계가 매일 스며드는 신비한 땅이 되었다. 이들 추모 공간의 의도는 상실을 애도할 기회를 주는 것이었지만 그 상실은 수 세대에 걸쳐 애도하는 사람에게서 박탈된 것이다. 한 사람이 아니라 '사람들'이고, 목숨을 잃은 수백만 명이 알지 못하고 알 수 없는 사람들의 대규모 부재(不在)라는 형태로 쌓여 온 것이다. 베트남전 위령비나 세계무역센터 추모관처럼 사람들의 명단이 길게 새겨져 있지 않다. 알링턴 국립묘지의 무명용사 묘처럼 하나의 대표된 죽음일 뿐이다. 하지만 이름은 중요하다. "육체는 중요하다. 자신이 더는 머물 수 없음이 명백한 곳에서도 인간성은 계속 이어진다. 죽은 자는 시신이 된 육체를 통해 출현하며 어디서든 무엇으로든 존재한다(토머스 W. 라커, 『죽은 자의 일: 시체의 문화사』)."

새로운 세상은 죽은 자들 주변과 그 위에 세워졌고 그 결과 이들 지역은 정상적인 상태를 방해하는 존재—일시적인 것이라고 예상된 문제—가 되었다. 하지만 이들 지역은 여전히 저주의 땅이자 출입 통제 구역이고 애도를 위해 지정된 장소이다. 2019년 3월이면 브루클린의 클린턴 힐 지구 게이츠 스트리트와 풀턴 애비뉴 사이의 블록은 '크리스토퍼 월러스 길'로 알려지게 될 것이다. 노토리어스

B.I.G.나 비기 스몰스라는 이름으로도 알려진 크리스토퍼 월러스는 브루클린 거리에서 자라 힙합 역사에서 가장 중요한 아티스트가 된 전설적인 래퍼다. 비기는 1997년에 총격을 받고 사망했는데 그의 죽음이 가지는 중요성은 뉴욕 전체에 걸쳐 여러 아파트와 상점 건물 벽에 실물보다 더 큰 얼굴 그림이 그려진 것으로 명백히 드러났다. 클린턴 힐과 베드포드-스타이베선트는 임대료가 상승하고 신규 세입자들이 과거 흑인들의 공간을 고급화하면서 점점 더 백인들의 동네가 되어 가고 있지만, 죽은 자의 흔적은 여전히 벽에 남아 있다. 버번과 무화과, 바닐라 향이 섞인 수염 오일beard oil과 일본식 퓨전 타코를 살 수 있지만 바깥의 벽에는 사망한 젊은 흑인의 초상화가 아직 남아 있다.

이러한 헌정은 의식적 묘지 참배와는 달리 도시 풍경 일부가 되었고, 그 결과 망자의 흔적은 동네가 가진 역사적 맥락이 되었다. 미국 전역 도시의 흑인 동네에는 사랑하던 사람들, 맬컴 엑스나 투팍 샤커 같은 쓰러진 영웅들의 초상화가 그려져 있다. 스프레이 페인트와 벽돌로 이루어진 죽음의 상징memento mori이다. 그래피티는 1970년대에 대두된 이래 언제나 기억의 한 형태, "나 여기 있었노라"라고 말하는 존재와 정체성의 영구적인 경계선이었다. 낙서는 자신만의 문화, 전문 용어, 미학을 가지며, 권리를 박탈당한 자, 잊힌 자, 폭력과 죽음에 가장 약한 자들을 불멸의 존재로 만드는 수단이다(멜빈 델가도, 『이른 죽음과 도시의 풍경』, 2003).

애도의 공공적 실행은 장례식장, 예배당, 묘지, 집 같은 일부 선택된 장소에서 이루어지는 게 보통이다. 경야(經夜), 장례식, 매장 또는 화장의 '의식'이 끝나면 애도는 개인의 사적 경험으로 되돌아간다. 추모 벽화는 그 벽화가 보존되는 한 사회적 의식 속에 남고, 공동체 역사에서 중요한 사건의 공적 기록을 제공하여 애도의 과정을 개인적인 것을 넘어 공적인 것으로 넓힌다.

이러한 공적 추모는 눈에 잘 띄게 하는 실천이고, 역사적, 사회적, 경제적, 정치적, 문화적 힘을 가진 자들에 의해 소외되었던 이들을 위한 인간성의 명확한 표현이다. 죽음이 폭력의 결과일 때, 특히 폭력이 젊은 흑인에게 가해지고 그 죽음이 미디어에 의해 선정적으로 낙인이 찍히거나 통계 숫자의 하나로 바뀌면 공적 애도의 장소는 더욱 중요하다. 벽화는 고인을 긍정적으로 반영할 수 있게 하고, "공동체의 연계와 잠재적 권한 부여의 수단으로 기능하여 개인적인 슬픔을 공유된 공적 정서로" 변환함으로써 그들이 기억되는 방식을 통제한다(마사 쿠퍼, 조지프 시오라, 『RIP: 추모의 벽화』, 1994).

망자에게 이름을 붙여 주고 비석으로 표시된 땅에 시신을 묻어 주는 것은 기억, 존재, 인간성이 지속되기 위해 필요하다. 땅에 묻힌 사람들을 기억할 권리는 오랫동안 그 땅의 주인들이 결정해 왔다. 줄지어 늘어선 비석들 사이를 걷다 보면, 나는 각 비석 앞 공간이 특정한 사람의 공간, 3×8피트의 직사각형 구역 안에 있는 상자 안 시신의 물리적 공간이라는 사실을 자각하게 된다. 하지만 이러한 공공 미술 작품이 애도하는 죽음은 단순히 개인의 상실뿐만 아니라 제도적 폭력과 사회적 불평등의 결과로 공동체 전체에 영향을 미치는 상실이다(안드레아스 후이센, 〈퍼블릭 컬처〉, 2000)

미국에서 흑인이 살해당할 가능성은 백인의 10배이고, 총격으로 사망할 확률은 14배이다(〈내과 연보〉, 2018년 5월 15일). 흑인의 죽음은 휴대폰으로 찍은 목격자 영상, 학교 사진, 피해자의 일상 스냅 사진, 분노한 이웃, 공동체 지도자, 피해자를 위한 정의와 가해자의 책임과 총기 규제 입법을 요구하는 활동가와의 인터뷰 등을 통해 홍수처럼 쏟아지는 범죄 현장의 시각화된 이미지가 되어 SNS를 점점 더 자주 달구고 있다. 개인의 죽음은 정치적 의사 표현과 단순히 한 사람만이 아닌, 전체를 위한 사별로 이어지는 두 번째 공적 정체성을 가진다.

그녀의 이름을 말해

부엌의 흑백 TV로 〈뿌리Roots〉를 봤던 게 기억난다. 자신의 혈통을 찾는 알렉스 헤일리의 소설을 원작으로 한 이 미니 시리즈는 1750년 서부 아프리카에서 시작해 남북전쟁 후의 테네시까지 이어지는 한 흑인 가족의 파란만장한 역사를 다루고 있다. 나는 당시 다섯 살이라 유일하게 기억나는 건 노예 감독관이 다른 노예에게 젊은 레바 버튼이 주인이 지어준 '토비'라는 새 이름을 받아들일 때까지 채찍질하라고 명령하는 장면이다. 끔찍하고 폭력적인 장면이었고 모여 있던 노예들은 채찍이 내리쳐질 때마다 움찔거렸다. 버튼은 상반신이 벗겨지고 손은 위로 묶인 채 공중에 매달려 흐느적거린다. 버튼의 눈은 감겨 있고 채찍질을 당하는 사이사이 헉헉거린다. "내 이름은 쿤타. 쿤타 킨테입니다." 하지만 더 견디지 못하고 "토비"라고 대답하자 그제야 줄에서 내려진다. 군중 속에 있던 흑인들은 실망해 고개를 떨군다. 육체의 죽음과 정체성의 죽음 사이에서의 선택에 기가 꺾인 것이다.

『프레더릭 더글러스 자서전: 미국의 노예』에서 더글러스는 이모 헤스터가 채찍질당하는 장면을 봤던 걸 떠올리고 그 장면을 유혈이 낭자하듯 실감 나게 재현한다.

이모는 팔이 위로 끝까지 쭉 당겨지는 바람에 발가락 끝으로 서야 했다. 그가 이모에게 말했다. "이 ○○○, 내 명령을 안 들으면 어떻게 되는지 가르쳐 주지!" 그러고는 소매를 걷어붙이고 쇠가죽 채찍을 휘두르기 시작했다. (이모의 찢어지는 비명과 그의 끔찍한 욕설 사이로) 뜨겁고 빨간 피가 바닥에 뚝뚝 떨어지고 있었다. 나는 너무 무섭고 겁나서 옷장 속에 숨었고 그 피비린내 나는 과정이 끝난 뒤에도 한참 동안 나올 엄두를 내지 못했다.

욕설(내 생각엔 '빌어먹을 씨발년'인 것 같다)은 편집 과정에서 삭제되었는데 주인이 이모를 그렇게 욕하고 그런 식으로 낙인찍는 걸 거부하는 의미에서였다. 우리는 이모의 이름이 헤스터라는 걸 알고 있다. 하지만 욕설을 삭제하여 더글러스는 자신의 첫 주인이었던 로이드 대령에게 그 모욕을 되풀이하는 만족감을 주지 않고 이모의 명예를 더 훼손하지 못하게 했다.

이것은 인간화의 가장 기본적인 기술이지만 효과적이다. 맬컴 엑스의 'X'는 단순히 주인의 혈통을 거부하는 데 그치는 게 아니라 이름 없이 죽어간 영혼들의 상처와 연대하는 것이다. 이름을 없애는 것은 개성을 없애는 것이다. 프랑켄슈타인은 박사였지만 그가 만든 괴물은 이름이 없다.

"흑인의 목숨도 소중하다" 운동의 저항 행진에서는 호소와 응답의 외침—"그의 이름을 말해say his name"와 "그녀의 이름을 말해say her name"라는 구호와 해시태그—을 듣게 된다. 자넬 모네가 부른 저항곡 '젠장, 말하라고Hell You Talmbout'는 경찰과 국가 공인 자경단의 잔혹 행위로 살해당한 남녀들의 끝없이 이어지는 명단이다.

샌드라 블랜드: 그녀의 이름을 말해!

샌드라 블랜드: 그녀의 이름을 말해!

샌드라 블랜드: 그녀의 이름을 말해!

샌드라 블랜드: 그녀의 이름을 말하지 않겠어?

그녀의 이름을 말해. 그녀의 이름을 말해. 그녀의 이름을 말해.

그녀의 이름을 말해 주지 않겠어?

'깨어 있다'는 것은 베일 너머를 보는 것이고 "그녀의 이름을 말해"라는 구호는 사회 정의를 나타내는 용어의 하나가 되었다. 사회적 각성은 흐릿하고 반투명한 과거를 투명하고 초점이 맞게 해 준다. '깨어 있다'는 것은 드러난 의식을 의미하지만 샤프Sharpe는 '깨어 있음'이 죽은 자를 위한 기도이기도 하다고 말했다. "깨어 있는 상태로 산다는 것은 공포 속에서 공포와 함께 살아감을 의미한다… 흑인은 공포의 매개체가 된다." 비非 흑인의 특권은 커튼을 닫은 채로 두어도 아무 영향을 받지 않는 것, 즉 다른 사람을 의식하지 않고 하나의 관점만을 택해도 되는 능력이다. 어느 날 아침, 나는 필란도 캐스틸이 죽는 장면이 담긴 영상을 보고 슬프고 화가 나고 마음이 흔들린 채 출근했다. 입소문으로 퍼진 그 영상에서 경찰관은 차에 총격을 가하고는, 운전석에서 사건 현장을 찍던 여성의 휴대폰을 압수해 액정을 부쉈다. 캐스틸은 푹 쓰러져 손을 이쪽으로 기울인 채 신음하고 있었고, 흰색 티셔츠에는 선혈이 대량으로 번져 나왔다.

이 장면에는 캐스틸의 여자 친구가 한 말이 자막으로 달렸다. "오, 맙소사. 제발… 죽은 건 아니라고 말해 줘요." 동료가 내 기분이 어떤지 물었고 나는 좋지는 않다고 했다. 그녀는 이유를 물었고 나는 좀 놀랐다. 그 사건은 내게는 너무나 명백해 보였고 어디서나 일어나는 일이었으며 화가 나는 게 당연했다. 어떻게 화가 안 날까? 하지만 그녀는 내가 무슨 얘기를 하는지 몰랐다. 그날 아침 나는 침대에 누운 채 엄지손가락으로 휴대폰 화면을 계속 쓸어 올리고 있었다. 화면에는 죽어가는 흑인들과 울고 있는 어머니들이 계속 나왔고 공유가 되고 있었다. 트위터 스레드에는 또 다른 이름들의 해시태그가 계속 달렸고 우리가 말해야 할 이름에 또 다른 "힘차게 잠들라Rest in Power[68]"와 이름들이 더해지고 있었다. 내가 무고한 사람이 살해당하는 장면을 다시 페이스북에서 가만히 보는 동안 흑인 아닌 내 친구와 동료들은 개 위에 앉은 고양이 영상을 보며 좋아하고 있었다. 우리는 같은 화면을 보고 같은 창밖을 내다보고 있었지만 나는 내 쪽에 있는 커튼만이 올라가 있다는 느낌을 받았다.

화가 케힌데 와일리의 그림인 〈동정녀 순교자 성 세실리아〉는 같은 제목의 스테파노 마데르노의 1599년 조각에서

---

68 사회적 편견과 싸우다 죽어간 사람들을 애도하기 위해 흑인이나 성소수자들이 Rest in Peace를 변용하여 만든 구호를 말한다.

영감을 받았다. 세실리아는 더럽혀지지 않은 채 같은 자세로 무덤에 누워 있다는 점에서 비슷하다. 와일리는 땅 위에 쓰러진 젊은 흑인을 그렸다. 머리는 우리 반대쪽으로 돌렸고 몸 아래 깔린 팔은 불편하게 뻗어 있다. 머리카락은 콘로 스타일로 땋아 길렀고 밝은 오렌지색 후드 티셔츠, 회색 청바지와 트레이닝복을 입었다. 분홍색 꽃의 패턴이 그의 몸 주위를 둘러싸고 있었다. 이 자세와 관련된 모든 것이 쓰러져 다시는 움직이지 못할 육체를 시사하고 있다. 나른한 휴식이 아닌 갑작스러운 죽음임을 암시한다. 아티스트의 스튜디오보다는 거리에서 빨간색과 파란색으로 점멸하는 경광등 불빛 아래서 볼 수 있을 것 같은 자세이며, 관객은 빨간색의 웅덩이가 흰색 꽃이 흩뿌려진 옷 위로 흘러내리는 것을 보게 되리라고 기대한다. 이것은 장엄한 낭만적 이미지, 존엄 없는 죽음에 대한 영예로운 묘사이다.

정서적 행동주의

이토록 평범한 건물에서 어떻게 그렇게 탁월한 성과가 나올 수 있었는지 놀랍다. 과거에 프린스가 녹음 스튜디오와 사무실로 썼던 페이즐리 파크(미네소타주 미니애폴리스 교외에 소재)는 그저 일반적인 사무실 건물과 비슷할 뿐이다. 무해함을 의도적으로 강조하려고 설계한 것 같은 빛나는 흰색 기하학적 무늬가 사방으로 뻗어 나간 복합 건물이다. 일단 안으로 들어가면 우리는 휴대폰을 맡기고 아트리움으로 안내되어 투어를 시작한다. 2층의 발코니, 푸른 하늘과 뭉게구름이 그려진 1990년대 착시화trompe l'oeil가 그려진 천장이 우리를 둘러싼다. 2층 발코니에 딸린 작은 강단에는 건물의 축소 모형이 있는데 그 작은 크기 때문에 더 평범하게 보인다. 강단은 건물 모형을 놓기에는 이상한 장소 같다. 보통은 로비에 있는 투명 아크릴 상자에 들어 있기 때문이다. 가이드는 투어에 대한 간단한 안내를 한 다음, 저 건물 모형 안에 프린스의 화장한 유골이 있다는 사실을 밝히며 위쪽을 가리켰다. 아무도 그런 정보를 알지 못했기에 헉하는 소리들이 울려 퍼졌고, 우리는 잠시 묵념했다. 그리고 내 등 뒤에서 숨 막히는 듯한 소리가 터져 나왔다. 살짝 고개를 돌려보니 중년의 흑인 남자가 목 뒤에서 나오는 듯한 소리로 크게 흐느끼고 있었다. 남자는 대놓고 눈물을 흘리기 시작했고 직원 한 사람이 다가와 팔을 두르고 휴지 상자를 건넸다. 나는 뒤를 흘낏 보았다. 남자와 눈을 마주치고 연대와 공감의 표시로 엄숙하게 고개를 끄덕여 주고 싶었지만 그는 나를 절대 보지 않았다.

조던 필의 〈겟아웃〉에는 우는 장면이 자주 나온다. 사실 이 영화의 가장 상징적인 장면 두 가지는 눈물을 참으려고 애쓰는 흑인의 얼굴 클로즈업이다. 크리스(다니엘 칼루야)는 부자인 백인 여자 친구 로즈(앨리슨 윌리엄스)의 가족이 사는 뉴욕 북부의 대저택을 방문한다. 그는 소외된 외톨이가 된 느낌에 눈에 보이는 몇몇 흑인(예컨대 고용인)들과 안면을 트려 하지만 그들은 뭔가 이상하다. 형제자매를 만났을 때 하는 것 같은 흑인 간의 목례에도 답하지 않고, 지나칠 정도로 순종적이라 오히려 불안하다. 누군가가 휴대폰 충전 케이블을 계속 빼놓아서 그는 가정부 조지나(베티 가브리엘)에게 물어보지만 그녀는 무시해 버린다. 그녀가 고용주와 문제가 생기는 걸 바라지 않는 마음에 크리스는 이렇게 말한다. "백인들로 가득하니까 좀 불안해져서요." 항상 이를 드러내며 빙긋 웃던 조지나의 얼굴이 살짝 흔들리는데 그녀는 계속 그 미소를 유지하려 안간힘을 쓴다. 그녀는 "오, 아니요, 아니요, 아니에요. 아니, 아니, 아니에요"라고 말하지만 뺨 위로 눈물이 계속해서 흘러 내린다.

핵심 장면에서 크리스는 금연을 도와주겠다는 로즈의 엄마(캐서린 키너) 말에 속아 자기도 모르게 최면에 걸렸다는 사실을 알게 된다. 엄마가 죽어가는데도 구할 수 없었던 크리스의 어릴 적 기억을 그녀가 파고든다. 크리스의 몸은 의자에 고정되어 움직일 수 없다. 그는 로즈 엄마의 계속되는 시선을 피하려고 안간힘을 쓰고, 눈에서는 눈물이 어쩔 수 없이 흘러내린다. 이 심리적 공격을 받은 크리스의 개인적인 분노는 자기 자신을 향한다. 그는 고개를 흔들지만 얼굴에는 눈물이 흘러내리면서 의식은 '침잠의 방the sunken place'이라고 하는 텅 빈 암흑의 공간으로 강제로 밀어 넣어진다. 그의 의식, 정신, 기억과 정체성(명칭은 마음대로 부르면 된다)은 깊게 묻히고 육체는 경매에 부쳐져 최고가를 부른 사람에게 낙찰된다. 부유한 백인들이 자신들의 젊음, 정력, 힘, 건강을 위해 흑인인 크리스의 몸을 사용할 것이다(그래서 담배를 끊게 만든 것이다. 늙은 부자 백인이 그의 몸을 이용할 것이기 때문에 건강 상태가 좋은 게 바람직하기 때문이다). 우리는 흑인 하녀 조지나가 사실은 로즈의 할머니이며 젊은 흑인 여성의 몸을 하나의 그릇으로 이용해 계속 살림과 요리를 하고 가족을 돌보고 있다는 사실을 알게 된다. 육체의 소유를 통한 불멸이다. 흑인의 육체는 가치가 있지만 정신은 마음대로 버릴 수 있는 것이다. 조지나에게 눈물은 육체 밖으로 흘러나온 그녀 자신의 마지막 남은 조각이고 자신이 아직 존재한다는 증거였다.

여러분이 여러분과 비슷한 외모에 여러분의 언어를 말하는 사람들에게 납치되어 외모도 언어도 전혀 다른 사람들에게 넘겨졌다고 상상해 보자. 여러분의 배우자, 자식, 친구, 이웃도 함께 납치되었지만 서로 다른 곳으로 끌려갔다. 여러분은 사람들과 함께 사슬에 묶여 배의 선창에 짐짝처럼 처넣어진다. 얼마나 오래 있어야 할지 알 수 없지만 숨 막히는 열기 속에서 똥오줌과 토사물의 악취에도 익숙해진다. 굶주림과 갈증, 퍼져나가는 질병, 쓰러져 죽어간 시체들

옆에 계속 사슬로 묶여 있음에도 여러분은 자살하기 위해 배 밖으로 몸을 던지지 않는다. 몇 달이 지나고 마침내 난생처음 보는 땅에 내려져 가축처럼 떠밀려 가 검사를 받고 여러분 같은 사람들 예닐곱 명과 함께 막대에 목줄로 묶여 끌려간다. 속이 메스껍거나 생리 중이거나 편두통이 있다고 상상해 보자. 여러분은 아마 충격을 받을 것이다. 나는 여러분이 충격을 받기 바란다. 웃거나 춤출 기분이 전혀 아닐 것이다. 마침내 그들은 경매대까지 끌려간다. 거기가 목적지다. 노예 상인들이 그들을 팔아넘기고 흡족해하는 곳이다. 나는 공포에 질려 굳어지거나 분노가 억눌린 채 억지로 웃는 얼굴, 눈물로 젖거나 기진맥진해 흐릿해진 눈을 상상할 수 있다. 흑인의 육체는 인간성이 주는 감동의 대상이 되지 못한다. 절대 미소 짓지 않고 웃음을 숨기는 엄격한 흑인의 클리셰는 수 세기에 걸친 깜둥이화racoon, 저속한 조롱, 자애로운 굴종 요구에 대한 조건반사적 반응이다.

케힌데 와일리의 영상 작품 〈미소Smile〉에는 흰색을 배경으로 격자 눈금 안에 젊은 흑인들 목 윗부분을 찍은 장면이 있다. 그들은 카메라를 보고 미소를 지은 다음 한 시간 동안 그 미소를 유지해 달라고 요청받는다. 처음에 그들의 미소는 여유롭고 자연스럽다('성난 흑인'도 '엉클 톰[69]'도 아니다).

---

69 백인에 대한 행동이 상당히 굴종적이거나 흑인 집단의 이익에 반대되는 행동을 하는 흑인을 지칭한다.

하지만 시간이 지나자 강요된 미소의 피해가 나타나기 시작한다. 근육에 무리가 가는 게 보이기 시작하고 턱은 긴장으로 팽팽해진다. 눈은 미소를 짓지 않고 절망에 가까운 감정이 스쳐 지나간다.

어떤 사람들이 노예나 마찬가지고 마침내 붙잡혀 누군가의 지배하에 살고 죽을 기회를 가진 게 오히려 다행이라고 교육받았다면 사람을 매매하는 게 훨씬 쉬워진다. 노예들은 일할 때 더 행복하다고 간주되었다. 작업견working dog과 마찬가지로 그렇게 태어난 종자이기 때문에 일할 때 더 만족한다는 것이다. 이는 노예의 감정 스펙트럼이 백인보다 짧고 간단하다는 거짓말을 팔아먹는 왜곡된 마케팅 수단이다. 토머스 제퍼슨은 이렇게 썼다. "그들의 슬픔은 일시적이다. 신께서 우리에게 수많은 고통을 주신 게 자비 때문인지 노여움 때문인지는 알 수 없다. 하지만 그들은 이러한 고통을 덜 느끼고 곧 잊어버린다." 달리 말하자면 흑인은 슬픔을 느끼지 못하고 설사 느끼더라도 오래 지속되지 못한다는 얘기다.

백인 우월주의의 핵심 방법론은 흑인은 백인과 똑같이는 느끼지 못한다고 설정하는 것이다. 내면성을 제거하고 감정을 감시하는 것은 노예 주인들에게 자신들이 비인간적 행위를 하는 게 아니라는 확신을 주었다. 흑인들은 인간이 아니기 때문이다. 흑인들에게는 백인들과 동일한 감정의

범위가 없고 따라서 공감과는 무관해진다. 사디야 대 하트먼 사건Sadiyah V. Hartman은 사슬에 묶인 한 무리의 흑인들에 대한 19세기의 증언을 인용한다. "불쌍한 깜둥이 노예들이 원래는 명랑하게 잘 웃는 짐승이라고 생각하자. 사슬에 묶인 채 황무지에 버려지더라도 잘 먹이고 친절하게 대해 준다면 별로 슬퍼하지 않을 것이다."

감정의 상품화 과정에서 이루어지는 "빨리빨리 움직여"라는 지시에 대한 거부는 저항의 행동이며 에바 테텐본이 말한 '의도적 우울Purposefully Melancholic'이 된다. 절망하는 표정을 짓고, 울거나 흐느끼고, 눈물을 흘리거나 입이 처지고, 침묵 속에서 조금 앞을 응시하는 행동은 흑인의 본성은 얌전하고 명랑하다는 관념을 뒤집어 버린다. 이러한 방식을 통해 애도는 정서적 행동주의가 된다(데이비드 R. 뢰디거, 〈매사추세츠 리뷰〉, 1981년 봄 호). 죽임을 당한 흑인을 과하게 드러내는 것에는 위험이 있다. 반복되고 잦아지면 무감각해지며 공감과 인간성을 상기시키려는 의도가 무색해진다(클라우디아 랜킨, 〈뉴욕 타임스 매거진〉, 2015년 6월 22일). 하지만 울고 있는 흑인 어머니의 이미지가 흑인 저항 운동의 시각적 언어의 일부라고 한다면, 에밋 틸의 어머니가 준 충격에 비할 수 있는 건 없다.

1955년, 시카고에 사는 열네 살의 흑인 소년 에밋 틸은 작은할아버지 모스 라이트를 만나러 짐 크로 법의 중심 마을인 미시시피주 머니에 갔다. 에밋은 도시 출신의 외향적인 소년이었다. 그래서 에밋이 떠나기 전에 엄마는 그를 앉혀 놓고 남부에서는 어떻게 행동해야 하는지 알려 주었다. "백인 여자가 거리를 걸어가는 걸 보면 옆 보도로 피해서 고개를 숙이고 있어. 눈길도 주지 마."

엄마의 경고에도 불구하고 에밋은 식품점에서 2센트어치 캔디를 산 뒤 백인 여성에게 휘파람을 불었다(고 전해진다). 나흘 후 여자의 남편과 그 이복형이 한밤중에 에밋의 작은할아버지 집에 침입, 총으로 에밋을 위협해 침대에서 끌어내 트럭에 실어 끌고 갔다. 그들은 에밋을 얼굴을 알아볼 수 없을 정도로 구타하고는 총으로 쏘고 시체를 탤러해차이 강에 던져 버렸다. 에밋의 시체는 목화씨 빼는 기계 팬의 가시 철망으로 목이 감긴 채 사흘 뒤에 발견되었다.

얼굴을 알아볼 수 없게 만드는 것은 시체를 처리하는 좋은 방법이다. 어떤 사람이 여전히 사람이면서도 그저 다른 존재임을 시사한다. 에밋의 얼굴은 심하게 훼손되었고 사람임을 알아볼 수 있는 건 코와 입뿐이었지만 그마저도 제자리에 있지 않았다. 에밋의 커다란 갈색 눈과 통통한 볼 옆에 있는 그 이미지는 제정신을 가진 인간이 어떻게 아이한테 이런 짓을 할 수 있는지 도저히 이해할 수 없게 보이게 했다. 하지만 범인들에게 에밋은 아이가 아니었다.

심하게 훼손된 아들의 시신을 버려진 상태 그대로, 복원도 메이크업도 하지 않고 공개하기로 한 메이미 틸의 결심은 저항을 위한 정치적 행동이었다. 그녀는 "내가 본 것을 사람들도 보게 해요"라면서 관이 개방된 상태로 장례식을 치르자고 고집했다. 추모객들이 시신이 부패하는 냄새로 고생하지 않으면서도 에밋을 볼 수 있게 유리 덮개가 추가되었다. 이 린치 사건 뉴스는 삽시간에 퍼져나갔고 5천여 명의 사람이 찾아와 애도했다. 흑인이 발행하는 흑인 대중 잡지인 〈제트〉에 실린 에밋의 얼굴을 수만 명이 보았고 나중에 그 이미지는 시민권 운동에 나서자는 호소가 되었다. 에밋의 사진만큼이나 중요한 건 메이미의 사진이었다. 그녀는 고통스러울 정도로 눈을 꽉 감고 입술은 세게 깨물며 관에 기대고 있었다. 오른손은 관을 부드럽게 어루만졌지만 왼손으로는 배를 꽉 쥐고 있었다. 그녀의 모든 자세는 마치 내장이 끊어질 정도로 발길질을 당한 듯한 육체적 고통을 암시하고 있었다.

에밋 틸의 관은 워싱턴 D.C.의 국립 흑인 역사문화박물관NMAAHC에 전시되어 있다. 이 관은 박물관의 수집품 중에 가장 감정을 흔드는 것이고 이를 입수하기까지의 과정 또한 우울한 이야기다.

2005년에 에밋의 죽음에 대한 재수사 과정의 하나로 이 관이 파내졌고, 시신은 다른 관에 넣어져 재매장되었다, 그리고 2009년 7월, 시카고의 버 오크 묘지Burr Oak Cemetery의 관리인이 무단으로 시신들을 파내 다른 데 버리고 그 묏자리를 재판매한 혐의로 기소되었다. 에밋의 무덤은 손상되지 않았지만 수사 과정에서 원래의 유리 덮개 관은 다 쓰러져가는 창고 안에서 썩어가고 있었다. 관은 스미스소니언 협회에 기증되어 NMAAHC의 개관일인 2016년 9월 24일까지 비공개로 보관되었다. 그리고 개관 이후 수천 명의 인파가 줄을 이어 다시금 조의를 표하고 있다.

대상에 대한 애가哀歌의 무게는 전시실 디자인에서 뚜렷이 드러난다. 어떤 전시품에는 "붉은색의 테두리가 있는 이미지들은 어린아이나 예민한 관람객에게는 적합하지 않을 수 있습니다"라고 쓴 검은색 안내판과 붉은색 경계선이 쳐져 있다. 이 흑인 역사박물관에는 관람객들이 줄을 서고 에밋 틸 전시실 앞에도 그렇다. 관까지는 오랜 시간을 들여 느리게 가야 한다. 관이 있는 방 바로 앞에는 〈제트〉의 기사들, 에밋 어머니의 이미지와 그녀가 한 말들이 벽에 큰 글자로 전시되어 있다. 다큐멘터리 영상이 상영되는 부속실을 지나면 관이 전시된 최종 장소에 다다른다. '흔적에 대한 미신적인 존경과 숭배로(피에르 노라, 『기억의 영역』, 2001)' 디자인된 방은 은은한 조명과 섬세한 우드 톤과 함께 의도적으로 중립을 취한다. 관은 두 개의 층으로 된 단위에 올려져 있고 관람객들은 다음 전시실로 가기 전에 잠시 멈추거나 전시품 앞에 있는 의자에 잠깐 앉기도 하면서 줄지어 하나씩 지나간다. 장례 경험의 기이한 복제이고 유령을 위한 장례식이다.

집에 유령이 있고 인간의 고통과 분노의 메아리를 벽이

빨아들인다면 틸의 관 같은 물체에는 반드시 유령이 있어야 한다. 관의 흰색 나무는 틸의 어머니뿐 아니라 그날 관을 만졌던 수천 명, 그리고 그 사진을 봤던 수백만 명의 분노와 상심을 빨아들인다. 유령의 집에서 원래 그 공간에 살던 사람들은 다음 거주자들이 유령의 트라우마와 싸우게 내버려 두고 떠난다. 시신이 없는 관은 육체가 되고 한 사람뿐만 아니라 모든 사람의 죽음을 표현하는 상실의 대상이 되어 페티시가 된다.

나는 내가 가 봤던 전국 각지 묘지들에 있는 비석과 무덤의 사진들을 엄청나게 많이 가지고 있다. 새로운 곳을 방문할 때면 추천 레스토랑, 바, 박물관과 더불어 지역 묘지도 검색하곤 한다. 장례식보다 묘지에서 열린 모임에 더 많이 참석했다는 사실을 최근에야 깨달았다. 그린우드 묘지에 있는 유난히 큰 묘 내부에서 열린 멋진 모임에 가 본 적이 있다. 사람들이 가운과 정장을 입고 칵테일을 마시고 20세기 재즈 밴드의 스윙 음악에 맞춰 춤추었고 커플들은 촛불로 밝힌 지하실 구석에서 키스하고 있었다. 나는 샴페인을 홀짝거리며 벽에 새겨진 이름들을 손가락으로 어루만지면서 유령들이 그들의 쉼터에 나타날지, 만일 그렇다면 이 모든 일을 어떻게 생각할지 궁금했다. 멋지다고 생각할까, 아니면 이상하다고 볼까? 이름 아래의 생몰연도는 대부분 1800년대이니 불경하다고 보기에는 오랜 시간이 흘렀다. 나는 낯선 사람들이 내 비석에 자신만만하게 팔을 두르고 셀카를 찍고 내 무덤 위에서 춤을 출 수 있으려면 얼마나 오랜 시간이 흘러야 할까 생각했다.

죽도록 비명을 지르다

아프리카인 포로가 미국인 포로가 되지 않았다면 블루스는 존재
할 수 없었다.

_르로이 존스『블루스의 사람들: 백인의 나라 미국의 검둥이 음악』

리듬은 노래의 족쇄이고 그 족쇄의 악마 같은 명령이다. 리듬은
근원의 숨결이고 끊임없이 요구하는 속삭임이다. "나에게 더 뭘
원해?" 가수가 말한다. "아직도 내 입술에서 빼내 갈 게 있어?"

_그레이스 존스, '존스의 리듬'

나는 히츠빌 USA에서 그리 멀지 않은 곳에서 자랐다. 히
츠빌 USA는 다름 아닌 슈프림스, 스모키 로빈슨, 포 탑스,
스티비 원더, 마빈 게이의 산실이다. 반 친구 중에 아빠가
모타운 레코드에서 일하는 애가 있었는데 프린스 앤 더 레
볼루션의 콘서트 무대 뒤에서 프린스를 만났다고 자랑했
다. 내가 처음 갔던 콘서트는 잭슨 파이브의 재결합 투어였
는데 이 역시 반 친구 중 누군가의 부모님이 기획한 행사였
다. 하지만 용돈을 열심히 모아서 간 첫 콘서트는 아—하였

고 티켓은 길모퉁이 가게에서 나우 앤 레이터 캔디 몇 팩과 함께 샀다. 그때 부모님은 친구들을 집에 데려다주셨고 나는 로열 오크에 먼저 내려서 누아르 레더라는 가게에서 포스터와 배지를 샀다. 누아르 레더는 앞에서는 밴드 티셔츠를, 뒤에서는 섹스 토이를 팔았다. 우리는 샘스 잼 레코드점에서 LP 진열장을 훑어보며 누가 어떤 앨범을 사고 누구와 나눠 들을지를 의논했다. 사라는 바우하우스를 사서 테이프로 녹음해 줬는데 한 면을 '벨라 루고시의 죽음'만으로 채웠다. 우리는 수업이 끝나면 레코드를 듣고 옷을 검은색으로 염색하고 뱀파이어 흉내를 내고 위자 점괘판에 우리와 우리가 좋아하는 남자애들의 운명을 물어보며 시간을 보냈다.

보스턴 대로에 있는 우리 집은 모타운 레코드의 창립자인 배리 고디의 집과 같은 거리(로지 고속도로의 반대쪽 끝이긴 했지만)에 있었다. 고디의 대저택 앞에서 '과자 안 주면 장난친다trick or treat' 놀이를 했던 건 선명하게 기억한다. 하지만 정말 내가 기억하는 대로 스니커즈 캔디바를 작은 게 아니라 큰 것으로 받았는지는 확실하지 않다. 전설 같은 얘기다. 이 놀이를 졸업한 나이인 7학년 때는 가장 친한 친구인 사라와 핼러윈 파티를 열었다. 사라의 집은 행콕 스트리트에 있는 반 단독주택semi-detached house 두 채였는데, 그중 한 채에서 열었다. 집(거의 빈집이었다) 전체를 마음대로 쓸 수 있어서 벽에 거대한 박쥐 날개를 연상시키는 검은 쓰레기 봉투를 걸고 촛불로 거실을 밝혔다(이제 생각해 보니 위험천만한 짓이었다). 우리는 먼 교외 상가에 있는 비디오 가게까지 가는 고난의 행군 끝에 〈악마의 키스The Hunger〉[70] 비디오테이프를 구했다. 우리는 피터 머피가 격자무늬 철사 울타리 뒤에서 푸른색 조명을 배경으로 연주하는 장면을 침실의 작은 TV로 되풀이해 보았다. 오디오는 골동품 촛대 아래 설치되어 있었는데, 다음 날 아침 나는 더 큐어의 〈문 위에 걸린 머리Head on the Door〉 앨범이 커다란 흰색 촛농으로 얼룩덜룩해진 걸 보고 아연실색했다. 가슴이 찢어지는 것 같았다. 나는 몇 시간에 걸쳐 바늘로 레코드의 홈에서 촛농을 조심스럽게 파내야 했다.

디트로이트에서 자라면서 음악적 특권을 누렸지만 미시간주를 떠나고 나서야 그 사실을 깨달았다. 나는 더 스미스의 라이브를 보았다고 감히 말할 수 있는 몇 안 되는 사람 중 하나였다. 디트로이트의 대안 라디오 방송국인 102.7 WLBS를 소개해 준 건 8학년 때 과학을 가르쳤던 홀스타인 선생님이었다. 자정이 지나면 뉴웨이브와 포스트 펑크 음악을 연주하는 라이브 방송이 있었는데 그 시간은 내가 한참 잘 때라서 선생님은 침실 탁자 옆에 녹음기를 두라고

---

70 토니 스콧 감독, 데이비드 보위, 카트린 드뇌브가 뱀파이어로 나오는 1983년작 호러 영화.

가르쳐 주셨다. 나는 티어스 포 피어스의 음악과 녹음기의 희미하게 웅웅거리는 기계음을 자장가 삼아 잠들었다. 아침이 되면 블론디, 토킹 헤즈, 야즈, 소프트 셀, 디페쉬 모드, 콕트 트윈스, 더 스미스, 수지 앤 더 밴시스의 믹스 테이프가 기다리고 있었다. 지금까지도 나는 더 큐어의 '숲A Forest'을 일종의 자장가처럼 생각한다.

나는 내가 R&B에 그다지 매력을 못 느끼고 달달한 사랑노래를 질색하고 힙합과 랩에 전반적으로 무관심하고 가스펠 음악을 완전히 무시하는 게 어떤 면에서는 나를 덜 흑인 같아 보이게 만든다고 느끼곤 했다. 나에게는 선율이 아름다운 음악을 좋아하는 유전적 성향이 없고 '흑인 음악'을 좋아하지 않는 건 어떤 면에서는 자기혐오와 동족 배신의 징후라고 생각했다. 내가 이들 영국 밴드에서 좋아했던 모든 음악의 핵심은 내가 살았던 거리 반대쪽에 있었던, 한때 '과자 안 주면 장난친다' 놀이를 했던 그곳에 있었다는 사실을 그때는 알지 못했다.

블루스

내가 블루스를 잘 알지는 못한다는 사실을 먼저 인정해야겠다. 언제나 블루스는 쿨하게 보이고 싶어 하는 백인들을 위한 음악 같았고 청소년기에 블루스 앨범을 즐겨 듣는 애는 단 하나도 보지 못했다. 재즈는 멋지고 성인의 음악 같았다. 블루스는 처량해 보일 뿐이었다. 우리 집에서 듣던 음악은 마일스 데이비스와 바브라 스트라이샌드였고 언니가 있을 때는 도나 서머와 스티비 원더가 더해졌다. 아빠는 재즈 애호가였고 엄마는 오페라와 컨트리 가수 윌리 넬슨을 좋아했다. 〈바다의 승리Victory at Sea〉[71] 사운드트랙 앨범이 늘 돌아가고 있었고, 그래서 나는 '거친 바다의 노래Song of the High Seas'를 들으면 갑자기 향수를 느낀다.

확실히 없었던 음악은 가스펠이었다. 나는 미국 연합 그리스도교회UCC 가정에서 자랐고 심지어 교회 합창단에서도 잠깐 활동했지만 우리 집에는 종교적인 분위기가 없었고 교회에 다니는 건 영적인 소명보다는 사회적 의무에 가까웠다. 견진성사 때 나는 하얀 드레스 차림으로 역시 하얀 드레스를 입은 다른 열세 살짜리 여자애들과 함께 신자들 앞에 서서 교회가 나에게 주는 의미에 대해 연설했다. 심지어 그때도 나는 내가 헛소리를 하고 있다는 사실을 알고 있었다. 그저 사람들이 듣기를 기대하는 말을 하고 있을 뿐이었다. 신자들에게 맞춤형 성경을 선물 받았는데 거기 쓰인 내 이름 철자가 틀렸다. 나는 초월적 존재나 부활을 믿은 적이 없고 우리 인간에게 무언가 더 위대한 목적이 없다고 해도 전혀 개의치 않았다. 하지만 우리가 알고 있고 알게

---

71 1950년대 초에 방영되었던 2차 대전 다큐멘터리 시리즈.

될 사실보다도 무한히 많은 무엇인가가 존재한다는 건 진심으로 믿으며 그것들을 모르고 있음에 안도감을 느낀다. UCC는 사회 정의를 중시하는 유연한 개신교회였고 따라서 거부할 이유가 별로 없었다. 예배는 짧았고 설교는 대부분 "얼간이가 되지 말고, 만일 누군가를 도울 수 있다면 자기보다 불운한 사람을 도우라"는 내용이었다. 찬송가를 몇 곡 불렀고 교회 자선 행사에서 컵케이크를 산 다음 팬케이크 체인점에서 브런치를 먹었다. 불도 유황도 없다고 생각했기에 지옥에 떨어지는 걸 두려워한 적이 없다. 하지만 지옥이 정말 존재한다면 차라리 가고 싶다고 생각했다. 재미있는 사람들은 다 거기 있을 테니까.

나는 아직도 가스펠 음악에 별 감흥을 못 느낀다. 하지만 자라면서 흑인 영가는 들었는데 그 '영성'보다는 목소리—목화밭과 목조 현관에서 들려오는 과거로부터의 소리—때문이다. 흑인 영가는 언제나 누군가가 나에게 말하고 있는 듯한, "나를 잊지 마"라는 메시지를 전하는 듯한 느낌을 준다. 이사벨라 밴 엘페렌은 음향으로서의 고딕sonic gothic-ness은 '기괴함의 소리', 억눌렸던 자들이 돌아왔음을 상기시키는 일종의 청각적 유령의 출몰이라고 했다. 나는 흑인 영가는 노래라기보다는 유령의 성명서에 가깝다고 생각한다. 가느다란 목소리, 변하고 감소하는 음향, 그리고 이 작고 유령 같은 흑인의 목소리는 세월을 지나 헤드폰을 통해 내 귀에 곧바로 속삭인다. 나는 왜 발터 벤야민이 이러한 일종의 기술적인 균열을 '나타남apparition[72]'이라고 했는지 알 수 있다. 나타남은 유령 같은 환상, 환영幻影, 육신을 떠나 영혼을 현실로 만들어 내는 것이다. 소리는 일종의 손길이고, 내 스피커에서 살며시 빠져나오는 이 높고 불안정한 남부의 목소리에는 약간 폴터가이스트적인 무엇인가가 있다.

흑인 영가와 블루스는 실체 없는 것과 실체, 저 먼 곳과 지금 여기라는 흑인 경험의 양극단을 나타낸다. 미국의 음악이 이들 베일의 양쪽, 즉 노예 해방 전의 탈출에 대한 갈망과 노예 해방 후의 일상이라는 현실에서 유래한다는 말은 일리가 있다. 흑인 영가는 아프리카적 요소에 기독교 음악이 주입된 것, W. E. B 듀보이스가 말한 대로 "채찍과 법의 압제 아래 노예의 비극적인 영혼과 삶에 의해 조정되고 변화되고 깊어져 사람들의 슬픔, 절망, 희망의 진정한 표현이 된" 음악이다. 가사는 현실 세상에서의 해방과 동시에 다음 세상에서의 안식을 위한 암호이다. 흑인 영가는 완전히 세속적이지도 완전히 영적이지도 않지만 동시에 그 두 가지 성격을 가진다. 천국과 동시에 오하이오주를, 요단강과 동시에 지하 철도 조직을 향해 눈을 들어 보고 있다. 자신의 소유가 아닌 육체 안에 살면서 노예의 노래는 영혼에

---

[72] 단어로는 '유령'이라는 뜻이나 국내의 벤야민 미학 서적에서는 '나타남'이라고 번역하였다.

중심을 둔다. 하지만 일단 자유의 몸이 되자 흑인의 노래는 육체를, 그리고 그와 함께 찾아온 수많은 기쁨과 문제를 더 많이 다루게 되었다(래리 닐, 〈블랙 스콜라〉 Vol.3, No.10, 1972).

19세기 말 흑인 가스펠 음악은 방황하는 여자와 바람 피우는 남자, 헤어짐과 무너진 마음이라는 주제와 함께 블루스 안으로 세속화되었다. 블루스는 감정, 그리고 그것을 뻔뻔스러울 정도로 과장되게 드러내는 능력에 탐닉했다. 블루스의 고통과 섹슈얼리티는 노예 생활에서는 거부되었고 해방 후에는 소실되었던 감정적 자유를 나타낸다. 흑인 여성의 마음이 무너질 수 있다면 이는 그녀가 사랑을 시작할 마음을 가지고 있으며 그 감정에 빠질 수밖에 없다는 의미이다. 블루스는 인간성과 주체성의 표현이며 그 연주는 선동의 행위이다.

이상한 과일

1995년 러스티 컨디에프가 감독한 호러 앤솔러지 〈테일 프롬 더 후드Tales from the Hood〉에서 저명한 흑인 활동가인 마틴 무어하우스(톰 웨이트)는 경찰에게 구타당해 의식불명이 된다. 흑인 공동체에서 그토록 저명하고 영향력 있는 인사를 짐승처럼 구타한 사실로 큰 문제가 생길 것을 깨달은 경찰은 무어하우스에게 헤로인을 주입해 죽인 다음 약물 중독으로 가장한다. 무어하우스는 죽은 자들 가운데서 살아나 가해자들의 목을 자르고 바늘로 찔러 죽여 복수한다. 폭력과 복수 장면에 쓰인 사운드트랙은 빌리 홀리데이의 '이상한 과일Strange Fruit'이다.

내가 정확히 몇 살 때 '이상한 과일'을 처음 들었는지는 모르겠지만 아주 어렸던 건 분명하다. 그 곡이 진짜 과일에 대한 노래이고 빌리 홀리데이의 목소리가 이상하다고 생각했기 때문이다. 빌리 홀리데이가 이 노래를 부른 스타일은 내게는 너무 복잡하고 어른스럽게 들렸다. 다루는 내용은 청소년 관람 불가 등급 영화 같아 알 수 없었고 그 복잡 미묘함을 이해하기에는 내가 너무 어렸다. 노래는 마치 그녀 자신에게 뭔가 문제가 있는 것처럼 들렸다. 물론 문제는 많았다. 빌리 홀리데이는 열한 살 때 엄마에게 버려졌고 열네 살까지 창녀촌에서 잔심부름을 하며 살다 매춘을 했다. 시민권 운동이 일어나기 10여 년 전에 알코올과 약물 과용으로 사망했다. 하지만 이러한 삶의 여정 중에 그녀는 지금껏 들어보지 못한 최고의 음악을 세상에 선사했고 비교 불가능한 미국의 상징이 되었다.

나는 빌리 홀리데이가 어떤 사람인가에 대해 모호한 개념밖에 가지고 있지 않은지도 모른다. 나는 그녀가 '내 문화'와 관련된 여러 이유로 중요한 인물이라는 사실은 알고 있었다. 하지만 그녀는 모호한 역사적 사실이고 눈썹을 칠한 매끈한 얼굴의 흑백사진과 같았다. 빌리 홀리데이는 스토클리 카마이클[73]이나 셜리 치솜[74]처럼 내가 꼭 알아야 하는 인물이었지만 내가 어느 정도 나이가 들기까지는 부모님의 LP장에 꽂힌 앨범에 있는 굳은 얼굴로만 남아 있었다. 나는 아이치고는 꽤 고급스러운 음악적 취향을 가지고 있었고 내가 살던 시대 이전에 만들어진 음악들을 듣고 평가할 수 있었다. 어리기는 했어도 음악을 만든 아티스트에 대해, 음악이 나에게는 아니더라도 그 아티스트에게 가진 의미가 무엇인가에 대해 내러티브를 만들 수 있었다. 재니스 조플린이라고 하면 나는 걸걸한 남부 스타일 목소리를 통해 가혹하고 단련된 삶, 또는 니코Nico[75]의 꿈꾸는 듯 나른하고 느릿느릿한 독일어를 연상시키는 맨해튼 이스트 빌리지 아티스트의 삶을 구체적으로 떠올릴 수 있었다. 나는 무엇이 빌리의 목소리를 만들어 냈는지 몰랐다. 그토록 수수께끼같이 들리는 소리의 원천도 파악할 수 없었다. 빌리 홀리데이를 다시 들은 건 몇 년이 지나서였을 것이다. 이번에도 그 은유를 이해하지 못했다. 시간이 지나서야 그걸 느꼈고 누더기를 걸친 피투성이 흑인의 몸이 웃고 있는 백인 군중들 위에 걸려 있는 흐릿한 사진의 이미지가 눈에 들어

73 미국의 분리주의 흑인운동가.
74 1972년 대선 후보 경선에 출마한 첫 흑인 여성 정치인.
75 독일의 싱어송라이터, 모델, 배우인 크리스타 페프겐의 애칭. 1960년대 앤디 워홀 그룹의 일원으로 활동하며 유명해졌다.

왔다. 가사가 구체적으로 다가오기까지는 시간이 더 걸렸다. 단어가 너무도 짙어서 냄새를 맡을 수 있을 정도였다. 언제 그 린치의 이미지를 처음 보았는지도 잘 모르겠다[76]. 전혀 본 적이 없는데도 그냥 날 때부터 아는 그런 것 중 하나 같았다.

아벨 미폴은 유대인 시인이자 열렬한 공산주의자였다. 그는 J. 토머스 쉽과 에이브러햄 S. 스미스가 린치를 당하는 사진을 본 후 루이스 앨런이라는 영국식 필명으로 '쓰디쓴 과일Bitter Fruit'을 썼다. 1930년 8월 7일 인디애나주 매리언에서 찍은 이 사진에는 누더기를 입은 흑인 두 명이 백인 남녀와 아이들로 이루어진 군중들 위의 나무에 매달려 있다. 군중 일부는 카메라를 정면으로 응시하며 활짝 웃고 어떤 사람들은 매달린 시체를 쳐다보고 있고 일부는 별 재미가 없다는 듯 전혀 관심을 보이지 않고 있다. 쉽과 스미스는 클로드 디터를 살해하고 디터의 여자 친구 메리 볼을 강간한 혐의로 기소되었다. 둘은 성난 군중에 의해 법원 밖으로 끌려 나와 팔다리가 잘렸다. 그리고 이 광경을 보기 위해 몰려든 5천여 명의 사람들 앞에서 목이 매달렸다. 당시 이 마을에서는 린치가 감소하는 추세였다. 군중들은 이 일

76 '이상한 과일'은 백인들에게 린치를 당한 흑인들이 나무에 목이 매달려 죽은 것을 은유한 노래이다.

을 과거로 돌아갈 수 있는 마지막 구경거리라고 생각했다.

1877년부터 1950년까지 미국에서는 추정치로 약 4천 명의 흑인 남자, 여자, 아이가 린치를 당했다. 일종의 군중 자경주의自警主義하에서 흑인들은 사소한 법 위반을 이유로, 또는 무고를 당해 납치, 살해되었다. 이는 인류 역사에서 존재했지만 사라질 수 없었던 섬뜩한 형태의 오락거리—사람처럼 보이지 않게 될 때까지 사람의 몸을 훼손하는 행위에 대한 매혹—가 되었다.

사진을 찍은 로렌스 베이틀러는 다음 날부터 복사본을 수천 장 팔았다. 린치의 기념품은 이미 충격적이었던 관행에 대한 특히 충격적인 기념물이다. 그랜드 캐니언을 찍은 엽서나 엠파이어 스테이트 빌딩을 담은 스노우볼처럼 이 사진은 누군가 그 현장에 있었다는 걸 증명한다. 하지만 두 사람이 죽어 나무에 매달린 사진으로 무엇을 할 것인가? 인디애나 전역의 다락에는 이 사진을 풀로 붙여 놓은 스크랩북이 수천 권 있지 않은가? 냉장고 문에 자석으로 붙여 놓지 않았는가? 죽은 사람들이 입었던 옷과 그들을 매달았던 밧줄 일부를 기념으로 가져가지 않았는가(이 사건에서는 손가락, 발가락, 성기를 가져가지 않았지만 예전에는 종종 그랬다)? 수십 년이 흘러 손녀나 조카 손자가 추수감사절에 집에 왔다가 골동품 장식용 선반에서 홈멜 피규어들 사이에 있는 오래되고 얼룩덜룩한 밧줄 조각을 발견하는 장면을 생각해 본다. 또는 스티로폼으로 만든 자유의 여신상

왕관처럼 밧줄 조각을 며칠 가지고 있다가 재미가 없어지면 쓰레기통에 던져 넣었을 수도 있다. 어느 쪽이 더 나쁜 건지 모르겠다.

1939년 미폴은 '쓰디쓴 과일'을 음악으로 만들었고 빌리 홀리데이는 뉴욕의 카페 소사이어티 나이트클럽에서 '이상한 과일'을 처음 선보였다. 카페 소사이어티는 뉴욕의 유일한 사상적 통합 나이트클럽이었던 덕분에 정치적 급진주의자들과 진보적 사상가들이 모이는 일종의 섬이었다. 하지만 홀리데이는 그러한 환경에서조차도 다시 일자리를 얻지 못하거나 더 나쁜 일을 당하지 않을까 두려워 '이상한 과일'을 부르기를 주저했다.

홀리데이가 노래를 마쳤을 때 청중은 쥐 죽은 듯한 침묵에 휩싸였다고 한다. 그러다가 한 사람이 머뭇머뭇 박수를 치기 시작했다. 처음에는 고전적인 느린 박수… 박수… 박수가 이어지다 한 사람이 용기를 내어 일어나 열렬히 박수를 치자 몇 사람이 따라 일어나고 점점 더 많은 사람이 일어나 장내가 떠나갈 듯한 박수를 보내는 장면이 머릿속에 그려진다. 이 노래는 그녀를 상징하는 곡이 되었고 그날의 연주는 전설로 남았다. 그녀는 언제나 공연을 '이상한 과일'로 마무리했으며 그날 밤의 마지막 노래였다. 웨이터, 계산대 직원, 식탁 치우는 소년 모두 일을 멈췄다. 장내는 완전히 어둠에 휩싸이고 홀리데이의 얼굴에만 스포트라이트가 비춘다. 뉴욕의 버드랜드 나이트클럽에서는 그녀가 노래를 시작하기 전에 고참 웨이터가 손님들의 담배를 전부 압수했기 때문에 장내에는 담뱃불도 보이지 않았다. 노래 가 끝나면 스포트라이트가 꺼지고 홀리데이는 무대에서 퇴 장한다. 인사하러 다시 돌아오지 않는다. 카페 소사이어티 의 창업자인 바니 조셉슨은 이렇게 말했다. "사람들은 '이 상한 과일'을 들어야 했다. 그들의 내면은 그 노래로 불타 버린다."

노래가 준 충격은 어마어마했다. 카페 소사이어티의 청 중 대부분은 개인적으로 린치를 본 적이 없었을 것이다. 하 지만 청중 중 흑인들은 온갖 종류의 불평등, 모욕, 폭력을 주기적으로 당해 왔고 나무에 걸린 밧줄과 '백인 전용'이라 는 안내문이 붙은 문 사이에 있는 선을 인식하고 있었다. 흑인 청중들이 직접 린치를 본 적은 없었겠지만 그들의 부 모는 아마 봤을 것이다. 조부모도 그랬을 것이다. 청중 중 에 있는 백인들은 절대 그 군중 속에 없었을 테지만 그들의 부모는 있었을 것이고 조부모도 마찬가지다. 사람들은 울 었다. 그리고 화가 났다. 빌리 홀리데이가 그들을 울게 했 기 때문이다. 그 노래는 사람들을 불편하게 했고 사람들은 앉아서 그 불편함에 시달려야 했다. 사건을 모르고 있던 사 람들에게는 충격적인 자각이었다. 알고 있던 사람들에게는 오래된 상처를 다시 헤집는 것이었다. 이후의 공연에서는 박수를 보내지 않는 게 불문율이 되었다. 이제 공연이 다 끝났다고 안도하는 것으로 받아들여서는 안 된다는 의미에서였다. 마치 추도 연설이 끝났을 때 박수를 보내는 것과 마찬가지로 무례한 행동이었을 것이다. 공연의 드라마틱한 구성은 초창기에는 일종의 사전 경고 기능을 했던 게 분명하지만 내 생각에는 아무도 받아들일 준비가 되어 있지 않았던 것 같다. 지금도 집에서 헤드폰으로 이 곡을 들을 때면 여전히 전율이 인다. 나는 그 당시 출입이 허용되었을 몇 안 되는 나이트클럽 중 한 곳의 테이블에 앉아, 전설 탄생의 현장에서 불과 몇 발짝 떨어진 곳에서 이 듣기 좋은 음조로 된 고발의 증인이 되는 장면을 감히 상상조차 할 수 없다. 2011년에 〈타임〉지는 이 곡을 '세기의 노래'로 선정했다.

하지만 어두운 주제와 소름 끼치는 가사를 제외하면 '이상한 과일'을 고딕 노래로 만드는 건 무엇일까? 아름다움과 (공포를 떠올리게 한다는 고전적인 의미에서의) 두려움 사이의 대조, 불타 버린 시체의 악취와 충돌하는 목련 향기다. 가사는 목가적인 동시에 그로테스크하고 우울한 동시에 끔찍하며 매혹적인 동시에 역겹고 영적인 동시에 본능적이다. 그 다음에는 홀리데이의 목소리가 가진 특유의 발성이 있다. 두성으로 부르는데 피치를 특이하게 사용하고 핵심 단어를 날카롭게 발음해 소리가 얇고 약간 삐걱거리는 것 같다. 노래는 우울한 음조인 B플랫 단조이고 '작물crop'이란 단어를 흔들리고 삐걱거리고 길게 발음하면서 불협화음조의 F로 끝난다. 『이상한 과일: 노래의 일대기』의 저자인 데이비드

마골릭은 이 부분을 "나뭇가지에 목매달려 죽은 사람"이 흔들거리는 것에 비교했다. 그리고 당연히 의식과 같은 드라마와 함께 전달되고 거의 종교적인 숭배의 대상으로 받아들여진 공연이 있다.

클라우디아 랜킨은 "역사적으로 볼 때, 노예가 되거나 사슬에 묶이거나 죽은 흑인을 보거나 그에 대해 듣거나 직접 그 가까이에 자리하는 건 일상이었다"라고 말했다. '이상한 과일'이 얼마나 많이 불리든, 어떤 가수가 공연하든, 그 노래가 만들어진 전후 사정과는 반대되는 위치에 자리하게 될 것이다. '이상한 과일'의 커버를 비난하는 사람들은 커버는 노래를 상징적이고 일시적인 것으로 만들어 그 곡이 작곡된 정치적, 사회적 조건을 제거하여 노래를 '전이'시킨다고 종종 이야기한다. 커버곡은 언제나 오리지널 버전, '유일한 진짜' 레코딩과 비교되는 운명이 된다. 오리지널 버전은 언제나 역사적인 위치에 자리하여, 커버곡을 시간의 변화와 새로운 맥락에 취약하고 다른 의미와 연관성을 가지게 만든다.

그러면 '이상한 과일'이 원래의 맥락으로부터 (공간적, 시간적, 문화적으로) 변화되었을 때 어떤 일이 일어날까? 1939년에 흑인 여성이 재즈 클럽에서 부르던 노래가 영국의 포스트 펑크 밴드인 수지 앤 더 밴시스의 앨범으로 옮겨진다면 어떻게 될까? 발터 벤야민이 말한 '역사적 증언'이 내러티브에서 제거된다면 무슨 일이 생길까? 〈거울 나라Through the Looking Glass〉[77]에 수록된 다른 커버곡들과 다른 위치에 자리함으로써, '이상한 과일'은 격론의 대상이 되는 고발장에서 스타일상의 영향과 미학적 분위기로 그 의미가 감소한다. 표준화되는 것이다. 나는 수지 수를 정말 사랑하지만 그녀가 부른 '이상한 과일'은 그렇게 '이상하지' 않다.

〈거울 나라〉는 록시 뮤직, 크라프트베르크, 밥 딜런 같은 아티스트들의 곡을 커버한 모음집이다. 이 앨범에는 디즈니 애니메이션 〈정글북〉(이 작품 자체가 식민주의적 문제가 있다)에 나오는 '나를 믿어요Trust in Me'의 관능적인 버전도 포함되어 있다. 나는 왜 수지 수가 '이상한 과일'을 커버했는지 이해했다. '이상한 과일'과 그 뒷이야기가 수지 수에게 어떻게 기억을 상기시키고 의미를 가지는지, 빌리 홀리데이가 어떻게 그녀에게 영향을 미쳤는지(그녀는 수많은 사람에게 영향을 미쳤다), 이 노래의 가사가 밴시스의 음악적 방향에 얼마나 잘 들어맞는지 알 수 있었다. "불거진 눈과 뒤틀린 입"이라는 가사는 벗지Budgi[78]가 작사했던 '껍질 벗어진 머리와 피투성이 뼈Rawhead and Bloodybones'에 나오는 "튀어나온 눈, 뿔, 털이 무성한 꼬리, 긴 이빨과 발톱"과 무리없이 이어진다.

이와 비교하면 홀리데이의 연주는 상대적으로 미니멀하

---

77 루이스 캐럴의 『거울 나라의 앨리스』를 오마주한 수지 수 앤 더 밴시스의 음반.

78 밴드의 드러머인 피터 에드워드 클락의 애칭.

다. 트럼펫의 긴 솔로 인트로에 이어 피아노가 합세한다. 밴시스의 버전은 휙휙거리는 부드러운 바람 소리로 시작했다가 고전 호러 영화 사운드트랙에 나오는 듯한 극적인 바이올린이 끼어든다. 느린 뉴올리언스 재즈풍의 장송곡이 다소 소울풀한 "우—우"와 함께 중간에 들어오는데 어떤 진실성을 덧대기 위해 다소 '시대착오적으로 연주된' 흑인성이다. 진부하기 짝이 없다고 생각하는 그 순간에 멀리서 들리는 종소리와 함께 노래가 끝난다. 수지 수의 연주는 사실 원곡이 비난하고 있는 남북전쟁 전의 이상적인 남부를 연상시키는 부분이 더 많다. '먼지 속의 도시들Cities in Dust'[79]보다는 〈포기와 베스〉[80]에 가깝다. "남쪽 바람에 흔들리는 흑인의 몸"이라고 노래할 때 나는 살짝 당황하며 움찔하게 된다. 이러한 연극적 첨가물은 메시지를 강화하는 게 아니라 희석하면서 끝난다. 원곡을 들어보거나 그 비유를 의식해본 적이 없었던 청중에게는 이 노래가 으스스한 매력을 가진 수지 수 앤 더 밴시스의 레퍼토리 중 하나에 지나지 않게 된다.

나는 수지의 버전이 홀리데이의 버전보다 덜 '진짜'라고 시사하는 게 아니다. 그저 다른 노래일 뿐이라고 말하는 것이다. '이상한 과일'의 리메이크나 커버가 가진 문제는 원

---

79 수지 수 앤 더 밴시스의 노래.
80 흑인들만 등장하는 거쉰의 오페라.

곡이 이미 너무나 많은 의미를 담았기 때문에 이걸 더 복잡하게 만들면 곡을 망칠 수밖에 없다는 데 있다. '이상한 과일'은 길고 긴 세월을 지나면서 수많은 가수가 수없이 커버했지만 누가 과연 이 노래를 부를 '자격'이 있는가에 대해서는 항상 논란이 있었다. 시민권 운동의 절정기에 나왔던 니나 시몬의 1960년대 버전은 아주 적절해 보였다. 2015년에 질 스캇이 '빛을 비추자: 미국의 인종 진보를 위한 콘서트'에서 이 곡을 부른 것은 그래서 이해가 된다. 심지어 아주 최근에는 영국 가수 레베카 퍼거슨이 도널드 트럼프 대통령의 취임식에서 노래를 불러 달라는 초청을 거절하면서 '이상한 과일'을 부를 수 있다면 가겠다고 했다.

미리 밝혀 두는데 나는 흑인이 아닌 사람이 '이상한 과일'을 부르는 게 본질적으로 '잘못이라고' 생각하지 않는다. 테일러 스위프트가 어스, 윈드 앤 파이어의 '9월September'을 컨트리 웨스턴 버전으로 부른 게 잘못이라고 생각하지 않는다.[81] 미국 흑인만이 '이상한 과일'을 부를 자격이 있다고 보지 않는다. 하지만 커버와 함께 발생하는 맥락의 재구성, 즉 한 시대와 장소의 문화적 유물을 다른 시대와 장소로 옮긴다는 것을 인식해야 하고, 커버한 아티스트와 관련 이야기가 지워지는 위험을 감수하고라도 원곡을 존중하려는 의

---

81 디스코와 펑크 흑인 밴드인 어스, 윈드 앤 파이어의 노래를 백인 가수 스위프트가 전통적으로 백인 음악으로 간주된 컨트리 웨스턴 형식으로 커버한 바 있다.

도가 있어야 한다.

수지는 자신들 음악에 고스 딱지를 붙이는 것을 질색했지만 그들은 전형적인 고스 밴드로 알려졌으며 밴드에 관련된 무엇이든 고스라는 필터가 씌워졌다. '이상한 과일'이 수록된 앨범을 사는 사람은 수지 앤 더 밴시스의 앨범을 사는 것이다. 그리고 앨범을 산 사람이 원곡과 그 유래를 적극적으로 찾아보지 않는 한 J. 토머스 쉽과 에이브러햄 S. 스미스, 그리고 수천 명의 다른 희생자들의 이야기는 알려지지 않은 채 남겨지고, 저 목 매달려 흔들리는 흑인의 시체를 기린다는, 커버가 헌정된 원래 의미는 사라져 버린다.

오래전부터 백인 뮤지션들은 흑인 음악을 자신들, 그리고 백인 구매자와 청중의 구미에 맞게 리메이크해 왔다. 하지만 '이상한 과일'은 누구든… 흑인이든 백인이든… 구미에 맞춰야 하는 곡이 아니다.

2014년 영국 뮤지션 애니 레녹스는 〈향수Nostalgia〉 앨범에서 '이상한 과일'을 커버했다. 이 앨범에는 '신이여, 이 아이를 축복해 주소서God Bless the Child'나 '서머타임Summertime' 같은 흑인 음악의 고전들이 포함되어 있다. 그녀에게 묻고 싶다. 향수를 느끼는 것은 누구이며 무엇을 위한 향수인가? 토크쇼 진행자인 흑인 타비스 스마일리와의 인터뷰에서 레녹스는 '이상한 과일'의 커버에 대해 말했다. "(주제로서의 폭력은) 모든 종류의 다양한 방식으로 나타나고 있습니다. 인종 차별주의, 가정 폭력, 전쟁, 테러리즘, 또는 단순히 한 사람이 다른 사람을 공격하는 것으로도요. 우리가 인간인 이 상 이런 문제들을 다뤄야 합니다."(타비스 스마일리, 〈허핑턴 포 스트〉, 2017년 10월 23일)

애니 레녹스는 린치에 관해 '다룬' 적이 없었고, 이 인터 뷰에서도 전혀 언급하지 않았다. '이상한 과일'의 보편성 을 강조하는 것은 맥락에서 흑인이 제거될 위험이 있고 "흑 인의 생명도 소중하다"의 자리를 "모든 사람의 생명은 소 중하다"가 차지하게 만든다. 빌리 홀리데이와 카페 소사이 어티가 지켜내려 그토록 애썼던 공포, 섬뜩함, 불편함을 없 애 버린다. 상처를 지우고 예쁘게만 치장한다. 반 엘페렌은 "고딕은 청중 자신의 유령을 보라고 요구하며 기괴함을 그 들의 눈앞에 보란 듯이 밀어낸다"고 말했다. 이것이 바로 '이상한 과일'이 의도한 바였고 그 의도는 성공했다. '이상 한 과일'의 흑인성을 제거하는 것은 이 노래의 고딕을 제거 하는 것이다.

나는 '이상한 과일'을 『미국의 위대한 노래들The Great American Songbook』에 수록된 낡은 스탠다드 넘버로만 보는 생각에 반대한다. 이 곡은 지나치게 사랑스럽거나 강렬하 지 않고 불행히도 여전히 너무나도 많은 의미를 담고 있다. 2018년 11월, 미국 중간선거가 끝난 후 얼마 지나지 않아 미시시피주 공화당 상원의원 신디 하이드-스미스는 기자 들 앞에서 그녀의 친구이자 후원자인 클리프 허친슨을 칭 송하고 감사를 표하며 이렇게 말했다. "나는 허친슨을 위해 기꺼이 싸울 것입니다. 그가 나를 공개 교수형에 초청한다면 제일 앞자리에 앉겠어요." 이 말은 군중의 폭소를 자아냈다. 미시시피주는 남북전쟁 후에 모든 주 중에서 린치 사건이 가장 많이 일어났다. 1882년부터 1968년 사이에 581명의 흑인이 공개적으로 목이 매달렸다(미국 흑인지위향상협회NAACP, "린치의 역사").

'여행자The Passenger'는 〈거울 나라〉 앨범 중에서 내가 가장 좋아하는 커버곡이다. 나는 '이상한 과일'과 마찬가지로 이 버전을 이기 팝의 원곡보다 먼저 알았다. 귀에 쏙 들어오는 노래다. 춤추기 좋은 박자에 가사는 감미롭고 희망적이며 따라 부르기 쉬운 '라, 라, 라'도 있다. 하지만 수지가 부르는 이기 팝은 삐딱하다. '여행자'는 그 이면에 표현해야 할 무게가 없으며 그 이면에 있는 역사의 짐을 감당해야 할 어떤 권위 있는 목소리가 필요 없다. '여행자'는 '이상한 과일'과 같은 방식으로 사람을 표현하지 않으며 그저 자기 자신의 형태로 존재하는 화려함—누구든 할 수 있을 정도의 가벼움—만이 있다. '이상한 과일'에는 수많은 군중을 대변해 말해야 하는 부담이 있다.

록 음악의 역사는 도둑질의 역사다. 백인 가수들은 흑인 음악이 인기 있을 때는 흑인의 목소리에서 이득을 취하고 스타일을 훔치고 흑인성을 가져다 쓰다가 인기가 없어지면 버린다. 어떤 면에서 '여행자'의 가사는 그들의 '백인

성whiteness'이 가진 특권, 그리고 모든 것을 요구할 필요성을
표현한다.

> 모든 건 너와 나를 위해 만들어졌지
> 모두 너와 나를 위해 만들어졌어
> 너와 나의 것이기 때문이야
> 이제 차를 타고 가면서 내 것들을 보자

나는 홀리데이에 대해 유치하게 평한 게 부끄럽다. 하지
만 그때 나는 어린애였고 그녀를 잘 몰랐다. 나는 수지 수
버전의 '이상한 과일'을 빌리 홀리데이보다 먼저 들었을 수
도 있다는 사실을 인정하는 게 정말 싫다. 그때 나는 열다
섯 살이었고 그 나이쯤이었으면 알았어야 했기 때문에 더
당혹스럽다. 아마 빌리 홀리데이의 음악을 대부분 외면하
고 있었던 때라서 그랬을 것이다. '이상한 과일'은 내가 좋
아하는 곡 목록에 있었던 적이 한 번도 없었다. 커버곡에는
원곡이 가진 문화적 의미가 제거되었다는 걸 파악하지 못
했기에 그 노래가 나 자신의 이야기에서 나온 것이라는 사
실을 의식하지 못했다.

지금 빌리 홀리데이를 들을 때면 그 목소리가 어디에서
왔는지 정확하게 알기에 전혀 낯설거나 이상하지 않다. 아
주 적절하다. 예전에 그녀가 썩은 복숭아에 대해 노래하고
있다고 생각한 게 터무니없어 보인다. 이제 그녀의 목소리

를 듣고 가사에 귀를 기울이면 "이상하고 쓰디쓴 작물"이 보이지 않는다. 스태튼 섬의 인도에 얼굴을 아래로 하고 쓰러진 에릭 가너가 보인다. 제복을 입은 백인들이 그 주위를 둘러싸고 있다.

너에게 주문을 건다

핼러윈 때 뉴올리언스에 갔다. 친구들과 함께 사람들의 복장에 감탄하며 행렬을 따라 프렌치맨 스트리트를 거닐던 중에 얼굴을 검게 칠하고 '아프리카 야만인' 의상을 한 백인을 보았다. 그는 표범 가죽만 허리에 두르고 머리는 거대한 아프로 스타일에 뼈를 비녀처럼 꽂고 한 손에는 창을, 다른 손에는 빨간색 플라스틱 일회용 컵을 들고 있었다.

우리는 앤 라이스 뱀파이어 파티[82]를 보러 왔다. 과장되고 기괴한 화려함 속에서 주로 밤 시간을 보내고 내가 좋아하는 다문화적 양키 자유주의자들 집단 속에서 보호받는 듯한 편안함을 느끼면서도 내가 '남부'에 있다는 사실이 기억날 때마다 불안의 파도가 밀려왔다. 이는 내가 스크리밍 제이 호킨스에게 복잡한 느낌이 드는 이유이기도 하다.

---

82 작가 앤 라이스의 팬클럽이 핼러윈 때 그녀의 고향 뉴올리언스에서 여는 축제.

쇼크 락[83]의 대부이며 앨리스 쿠퍼, 마릴린 맨슨, 롭 좀비의 조상인 젤레시 호킨스는 1956년에 '너에게 주문을 건다 I Put a Spell on You'를 작곡했다. 그는 당시에 녹음한 사실조차 기억하지 못할 정도로 만취한 상태였다고 말했다. 호킨스의 원래 의도는 이 노래를 진지한 발라드로 만드는 것이었다. 그는 성악 교육을 받았고 전통적인 블루스 가수가 되고 싶어 했다. 하지만 결과로 나온 것은 점잖은 크루너crooner[84] 같은 외모와는 어울리지 않는 거친 남자의 울부짖음이었고 '스크리밍 제이Screaming Jay'는 그렇게 탄생했다. 호킨스는 '너에게 주문을 건다'를 두 번째 녹음했을 때 "노래를 더 때려부수고, 죽을 정도로 울부짖을 수 있다는 걸 알았다"고 했다(모즈 할퍼린, "'너에게 주문을 건다'의 기이한 역사"). 1966년 머브 그리핀 쇼에서 TV 데뷔 공연을 했을 때, 그리핀은 방청객들에게 "제가 들어본 중 가장 거칠게 노래하는 사람입니다"라고 소개하며 "얼굴은 무섭지 않지만 일단 노래를 시작하면 여러분은 냉장고에도 못 갈 겁니다"라고 말했다. 나는 이 말이 방청객들이 간식 먹는 걸 잊을 정도로 공연에 몰입할 것이라는 얘기인지, 그의 공연을 보고 구역질이 날 것이라는 의미인지는 잘 모르겠다. 하지만 그리핀은 호킨스가

---

83 특이한 연주 · 복장 · 소도구 등으로 청중에게 충격을 주는 록 음악.

84 1930~40년대에 유행했던 크룬 창법으로 노래하는 가수. 암소 울음처럼 부드러운 콧소리로 노래 부르는 것을 말한다. 대표적 가수로 빙 크로스비가 있다.

사람들을 겁주는 게 아니고 시청자들의 생각과는 달리 스튜디오 안에 있는 방청객들은 안전하다는 사실을 미리 자신하면서 그렇게 운을 뗀 게 분명하다.

무대 바닥에는 뼈만 남은 잘린 손이 커튼 아래로 슬금슬금 나온다. 그러고는 올백 머리를 한 호킨스가 그 위를 뛰어넘으며 등장한다. 등에는 망토가 펄럭이고 한 손으로는 탬버린을 흔들며 다른 손에는 해골 지팡이를 들고 입가에는 담배를 꼬나물었다. 터져 나오는 호른 파트의 소리에 맞춰 거칠게 발길질을 하고 다리를 떨면서 끼어들고 마치 싸구려 B급 호러 영화에 나오는 부두교 마녀 주술사처럼 높고 불안정한 소리로 "우가─부가"를 외친다. 마치 방청객들이 왜 여기 있는지 몰라서 혼란에 빠진 듯 휘둥그레진 눈으로 그들을 둘러본다. 그가 안짱다리를 하고 무대를 깡충깡충 뛰어다니자 방청객들 사이에서 불안한 폭소가 터져 나온다. 호킨스는 끙끙거리고, 짖는 듯한 소리를 내고, 길게 울부짖고, 낮게 으르렁거리고, 비명을 지른다. 아프리카의 가장 깊은 어둠 속에서 거행하는 신비한 의식에 사로잡힌 사람처럼 횡설수설한다.

하지만 바로 이 순간, 호킨스 자신도 하마터면 웃음을 터뜨릴 뻔하다 간신히 참는다. 백인들의 공포를 조롱하고 백인들이 생각하는 진짜 흑인이 무엇인지─야만적이고 무지하며 과도하게 섹스를 밝히고 무섭다─를 정확히 보여 주는 로큰롤 스텝 댄스다. 호킨스는 공연이 끝나자 우리에게

이 모든 건 그저 연기였음을 상기시키는 듯 정중하게 절을 하고 우아하게 무대에서 퇴장한다. 유명 DJ인 앨런 프리드는 호킨스를 설득해 관을 열고 나오는 섬뜩한 이미지를 더 강하게 밀어붙이게 했다. 호킨스는 처음에는 "살아 있는 채로 관에 들어가는 흑인은 없어요. 사람들은 흑인이 관에서 나오는 걸 바라지 않아요!"라며 거부했다(이언 매칸, "'너에게 주문을 건다'는 이 곡과 관련된 모든 사람들에게 더없는 행복을 가져다주었다. 작곡가만 제외하고").

NAACP(미국 흑인지위향상협회)는 호킨스를 싫어했다. '재능 있는 열 번째Talented Tenth'[85]에서 말하는 훌륭한 태도의 원칙에는 과장되고 저급하며 우스꽝스러운 행동은 포함될 여지가 거의 없다. 스크리밍 제이 호킨스는 '고급스럽지' 않다. 니나 시몬은 고급스럽다. 1967년에 발표된 '너에게 주문을 건다'의 니나 시몬 버전은 이 노래의 빈민가 보드빌[86] 스타일에서 벗어나 호킨스가 원래 바랐던 세련된 재즈 클럽으로 승격시켰다. 원래의 연주를 싸구려로 보고 그 대신 진지하게 접근하는 기이한 퇴행적 진화이다. 자신에게 잘못한 남자를 되찾으려는 여자의 언어이다. 니나가 부

---

85 W.E.B 듀보이스가 20세기 초에 주장한 바람직한 흑인 리더십.

86 1890년대 중반부터 1930년대 초까지 미국에서 유행했던 버라이어티쇼의 일종. 무용수와 가수를 비롯해 배우와 곡예사, 마술사 등이 출연해 각각 별개의 공연들을 펼치는 형태로 진행되었다.

르는 건 이해가 된다. 우리가 노래는 이래야 한다고 바라고 기대하는 것에 대한 일종의 은유로서 연주된다. 그녀의 버전은 느리고 원초적이고 섹시하지만 횡설수설하지 않는다. 고급스러운 버전이다.

머브가 말한 것처럼 방청객 중 누구도 호킨스가 망령을 불러내거나 감마선으로 거실을 뚫고 들어와 그들을 해친다고 두려워하진 않았을 것이다. 그들은 자신들이 아직도 흑인들이 마녀 주술사를 찾아다니고 적의 머리를 우그러뜨린다고 믿는 사람이라는 사실이 발각되고 드러나는 걸 두려워했다. 카페 소사이어티에 있었던 청중들이 느꼈던 것 같은 불편함의 공포였다. 그들은 그저 즐겁게 시간을 보내기 위해 간 것이지 가르침을 받으러 간 게 아니었다. 호킨스는 관에서 튀어나오는 퍼포먼스의 대가로 5천 달러를 기획사로부터 추가로 받으며 이러한 불편함을 충분히 이용했다.

스크리밍 제이 호킨스는 탁월했고 고스는 그에게 은혜를 입었다. 하지만 나는 그의 공연을 보면 여전히 비위가 상한다. 그는 백인들이 꽉 잡고 있는 바닥에서 성공하기 위해 애쓰고 이미지를 계속 자신이 통제하기 위해 싸운 선구자적인 흑인 가수인가? 아니면 자신의 가장 유명한 노래를 (애니 레녹스를 포함한) 다른 아티스트들이 정통적인 스타일로 부른 덕분에 참신한 공연으로 포장되었을 뿐일까? 호킨스는 무시당하는 데 분개하며 이렇게 말했다. "왜 사람들은 나를 부기맨이 아닌 일반 가수로 봐주지 않는가?" 퍼포먼스, 눈에 보이는 겉모습, 드라마의 힘이 노래를 압도하는 바람에 그의 정체성은 '감동을 주지 못하는 가수'로 자리매김하게 되었다. 그는 울부짖었고, 그래서 '울부짖는Screaming' 제이 호킨스가 되었다.

나는 2005년 코첼라 페스티벌에서 바우하우스의 연주를 보았다. 피터 머피는 아직도 대꼬챙이처럼 말랐고 수세미처럼 삐죽삐죽 뻗쳐 있던 검은 머리카락은 이제 하얗게 세었다. 그가 '벨라 루고시의 죽음'을 부를 때 머리카락은 박쥐처럼 아래로 처졌다. 연주는 환상적이었고 딱 적당할 정도로 극적이었다. 바우하우스는 고스의 원형이 되었지만 리드싱어 피터 머피는 이렇게 말했다.

'벨라 루고시의 죽음'은 대단히 진지하고 무게감 있으며 아주 어둡게 들리는 굉장한 조롱조의 노래입니다. 우리가 한 실수는 그 곡을 순진해 빠진 진지함으로 불렀다는 거죠! 그렇게 부르니까 청중은 훨씬 더 진지한 노래로 받아들일 수밖에 없습니다. 퍼포먼스에 들어간 강렬한 의도가 사실상 그 안의 유머를 무색하게 만들죠. 그래서 언제나 고딕이라는 딱지가 붙어 있는 겁니다.
(데이브 톰슨, 조-앤 그린, 〈고딕 서브컬처 연구〉, 1994년 11월)

호킨스의 캐리커처는 너무나 만화적이고 엉뚱해서 그 안에 어떤 진실이 있다고 믿기 힘들다. 하지만 호킨스는 자신이 정말로 부두 주술 공연을 했다고 주장했다. 짐 자무쉬

감독은 1989년 영화 〈미스터리 트레인〉에서 호킨스를 망해가는 호텔의 지배인으로 캐스팅했다. 억수처럼 쏟아지는 비 때문에 촬영이 중단되었다. 자무쉬는 다큐멘터리 〈나는 나에게 주문을 걸었지I Put a Spell on Me〉에서 이렇게 말한다.

제이는 작은 가죽가방에서 자기가 가지고 다니던 뼈들을 죄다 꺼내 놓고는 이렇게 말했습니다. "좋아, 이제 가서 카메라를 세팅해. 비가 곧 그칠 테니까." 우리는 이렇게 말했죠. "맙소사, 제이. 진담이에요?" 그가 말했습니다. "반은 농담이야. 어떻게 될지 보자고." 그리고 5분쯤 지나자 비가 그쳤어요. 그러고는 촬영 내내 한 방울도 오지 않았죠.

호킨스에게 어떤 마력이 있었건 그렇지 않건 나는 그가 백인들을 기겁하게 만드는 걸 좋아하고 그 덕분에 돈을 벌어서 만족했던 게 틀림없다고 생각한다. 좀 더 명확한 근거는 1991년 그가 〈백인들을 위한 흑인 음악Black Music for White People〉이라는 앨범을 발표했다는 사실이다.

르로이 존스는 "깜둥이 음악의 각 악구는 그의 사회적, 심리적 환경을 구술하는 데서 나온다"고 했고, 이 말은 호러코어로서의 현대 흑인 고딕 음악을 가장 압축적으로 설명한다. 호러코어는 힙합의 서브 장르로 호러 영화의 언어를 사용해 인종 차별주의, 갱단의 폭력, 약물, 경찰의 잔혹

성, 빈곤의 이야기를 풀어 나간다. 힙합은 언제나 도시 흑인의 경험을 이야기하는 수단이었지만, 호러코어는 B급 영화, 정신증의 슬래셔적 악몽, 사탄 숭배, 카니발리즘[87], 신체 절단, 시체 애호, 자살, 살인, 고문 같은 어둠 속으로 더 깊이 들어간다. 호러코어 밴드의 멤버들은 '그레이브디거즈Gravediggaz'의 프린스 폴(장의사The Undertaker), 프럭원(문지기The Gatekeeper), 포에틱(저승사자Grym Reaper), RZA(RZA렉터[88])처럼 시시한 이름을 가지고 있다. 그레이브디거즈의 앨범 〈6피트 깊이6 Feet Deep〉는 해외에서는 〈깜둥이의 죽음Niggamortis〉이란 제목으로 발매되었다. 이 앨범 제목은 그들에게는 블랙 유머일지 모르지만 곡의 가사와 이야기는 수 세기에 걸친 백인의 지배와 그 정신적 영향 아래에서 흑인의 삶이 처한 현실적인 상황을 이야기하고 있다(마이샤 웨스터, "디트로이트에서 드렉시야가 당신을 붙잡지 못하게 하라: 아프로퓨처리즘 고딕 언더그라운드", 2018).

'광인일기Diary of a Madman' 뮤직비디오에서 그레이브디거즈는 법정에 서서 살인 혐의에 대해 심신상실을 주장한다. 그레이브디거즈는 이렇게 답변한다. "미국에서 흑인이라는 것, 수 세기에 걸친 예속과 유전적으로 이어진 트라우마에서 살아남고, 상품으로 취급하면서도 유죄 선고를 내릴 때

---

87 인육을 먹는 풍습.
88 한니발 렉터의 패러디.

는 사람으로 보는 사회에서 잘 살아 보려고 하는 노력은 사람을 미치게 만듭니다. 흑인으로 산다는 것은 광기와 폭력이 단순히 불가피한 게 아니라 일상이 되어 버린 상태에서 존재한다는 뜻입니다." RZA 렉터는 이렇게 랩을 한다.

> 84년 11월 10일
> 악령이 내뿜는 사악한 영감에 휩싸였지
> 나는 내 생각이 400년에 걸친
> 피와 눈물과 땀 속에서 태어났다는 걸 깨달았어

호러코어 창시자 중 한 명인 디트로이트 토박이 에샴 더 언홀리(에샴 A. 스미스)는 '아메리칸 사이코'에서 자살에 관해 랩을 한다. 뮤직비디오는 메마른 나무, 해골, 뚝뚝 떨어지는 피를 보여 준다. 그는 정장을 입고 등장하고 곡 제목은 포스트모던 공포 소설인 『아메리칸 사이코』를 참고한 것이다. 『아메리칸 사이코』에 나오는 기업의 무의미한 탐욕과 만연한 물질주의, 그 안에서 주인공인 연쇄살인범 패트릭 베이트먼이 하는 의미 없는 일, 불로소득, 상품들로 창조된 개성은 베이트먼의 자본가로서의 행동 강령과 그 사업의 최종 목적을 실감하게 해 준다. 패트릭 베이트먼은 보틀 서비스[89]로 보드카에 코카인을 타 마시고 에샴은 환

---

89 호텔이나 나이트클럽에서 주류를 병으로 판매하는 것.

각제 PCP를 날로 흡입한다. 베이트먼이 다른 사람들을 죽이는 동안 에샴의 사이코는 자기를 파괴한다.

에샴은 불과 열세 살이었던 1988년에 데뷔 앨범 〈지옥에서 온 멋진 단어들Booming Words from Hell〉의 가사를 쓰고 이렇게 말했다.

> 내가 이 앨범을 만들었을 때는 크랙crack의 시대였고 모든 현실성은 거기에서 온다. 디트로이트는 우리가 살던 도시였고 우리의 도시는 그 시기의 혼란을 뚫고 나오려 하고 있었다. 우리는 앨범에서 디트로이트의 거리를 '지옥'이라고 불렀다. 그러므로 내 아이디어는 거기에서 왔다고 할 수 있다.
>
> (윌리엄 케첨, 〈디트로이트 메트로 타임스〉, 2018년 10월 15일)

에샴은 나중에 예명에서 '언홀리'를 떼어 버렸고, 호러코어는 애시드 랩acid rap[90]이 되었다. 그의 음악은 이제 폭력과 정신증에 관한 것보다는 현실 긍정을 떠올리게 하는 내용이 더 많다. 심지어 2008년에는 디트로이트 시장에 출마하기도 했다. 하지만 사회적 선행을 하려는 열망 속에서도("사람들은 내가 관심을 받으려 출마했다고 생각합니다. 하지만 나는 이 집들이 압류되는 것을 막으려고 하는 것뿐입니다"[91]), 〈에샴을 시

---

90 공격적인 비트와 록 음악의 스타일을 많이 받아들인 랩 장르.
91 2008년의 금융위기를 말한다.

장으로Esham 4 Mayor〉라는 EP의 발매와 동시에 출마 선언을 한 걸 보면 그에게는 아직도 어둠에 대한 호감과 긍정이 있다. '집무실에서의 첫날First Day in Office'에서 그는 이렇게 랩을 한다.

시장에 출마했어. 왜냐고 묻지 마
네가 할 일은 투표하거나 아니면 죽는, 죽는, 죽는, 죽는, 죽는
것뿐이야.

조앤 이모가 돌아가셨을 때 장례식은 노래로 가득했다. 이모는 가수였고 이모 딸도 가수였고 이모 친구들도 가수였다. 나는 노래를 못해서 찬송가를 불러야 할 때도 대부분 입만 뻥긋거렸다. 나는 이런 순간들이 어색해서 다른 사람들이 '나의 이 작은 빛This Little Light of Mine'을 부르려는 느낌을 같이하고 다른 사람들이 믿는 것을 믿어 보려고 애썼다. 장례식 전에 가족들이 모여 식사하며 밀린 이야기를 나눌 때 나는 피아노 위에 낡은 갈색 책이 있는 걸 발견했다. 이모가 수십 년 동안 가지고 있었던 흑인 영가집이었다. 페이지를 넘겨보며 가끔 가사를 읽고 우리 가족의 소리와 음성이 스며들어 있는 종이를 만지고 있으니 수록된 영가들보다 그 책 자체에서 더 추억이 울려 퍼졌다.

보스턴 대로의 집

죽은 깜둥이의 슬픔이 서까래에 서려 있지 않은 집은 이 나라에
단 한 채도 없다.

_토니 모리슨, 『빌러비드』

디트로이트의 우리 집에서 원인불명의 괴소음이 생기면
아빠는 "집이 안정되면서 나는 소리야"라고 말씀하시곤 했
다. 그게 무슨 뜻인지는 아무도 설명해 주지 않았지만 집
처럼 안정된 것도 '불안정한 상태'라는 생각은… 불안하다.
'안정된다'는 말은 집이 제자리를 찾으려 이리저리 움직이
느라 불편한 상태이거나 집이 동요하고 불안해하고 지금
자리가 불만이라는 사실을 암시한다. 1924년에 지어진 이
집에서 우리의 존재는 역사의 한 장에 지나지 않고 오래된
집이 다들 그렇듯 지난 자취들이 죄다 보인다. 정문의 페인
트는 심하게 벗겨져서 다시 칠해질 날을 기다리듯 속이 다
드러나 있지만 그런 날은 결코 오지 않으리라. 비가 쏟아지
면 쓰레기통과 양동이를 방 여기저기에 빈틈없이 늘어놓아
야 했고 흘러넘치지 않나 살피느라 잠을 설치곤 했다.

오래된 집들이 대부분 그렇듯 우리 집에도 이제는 더는 존재하지 않는 생활양식의 건축적 흔적들이 남아 있었다. 복도에는 층계참으로 가는 비밀 통로 구실을 하는 불필요한 문이, 감히 기어 들어갈 엄두도 내지 못했던 식기용 승강기가, 널찍하지만 환기가 전혀 안 되는 다락이 있었다. 뒤뜰의 차고는 몇 가지 이유로 절대 사용하지 않았는데, 나는 먼지투성이의 깨진 창문을 통해 차고 안에 있는 물 마른 자국으로 얼룩진 오래된 상자들을 쳐다보면서 그 안에 무엇이 있을까 궁금해했다. 살인의 증거? 외계인에 대한 CIA 비밀문서? 복수의 악령이 깃든 저주받은 인형? 이전 집주인들이 남긴 이른바 '서류'라는 게 내가 들은 유일한 설명이었다. 나는 포기하지 않았다.

여름이면 박쥐와 장님거미 떼, 그리고 가끔은 사람이 집을 습격했다. 그 집에 사는 동안 다섯 번 도둑이 들었다. 그중 한 놈은 할아버지가 쓰시던 녹슬고 낡은 공구, 할머니가 간호학교를 졸업할 때 받은 장식용 핀, 내 돼지저금통이 든 상자를 훔쳐 갔다.

우리 집에서 출발해 옛 거리를 따라 동쪽으로 내려가 배리 고디의 대저택을 지나 1.6킬로미터쯤 가면 백 년은 된 튜더 왕조풍의 2층 저택이 나온다. 특히 혹독했던 2015년 미시간의 겨울에 저택의 배관이 터지면서 2층부터 지하실

까지 물바다가 되었다. 유리창 밖으로 물이 쏟아져 나오면서 얼어붙어 거대한 얼음 폭포가 되었다. 그 결과 집은 엄청나게 큰 얼음 사탕이 되었고, 버노아Vernors의 지역 특선 진저에일 아이스크림인 '보스턴 쿨러'라는 별명이 붙었다. 그 이미지는 충격적인 동시에 아름다웠다. 창문은 모두 가려져서 집 내부의 사진은 없었다. 그 혼돈의 중심부에 가까이 접근하는 게 금지되어서 기괴한 광경이 더욱 불가사의하게 보였다. 하지만 주전자, 프라이팬, 안락의자, 책, 스웨터, 탁자용 전등이 마치 젤리 푸딩 안에 든 과일 조각처럼 얼어붙어 있는 모습을 상상할 수 있었다. 집주인은 2011년에 그 집을 7만 달러에 샀지만 재산세를 감당할 수 없었다. 결국 집은 압류되어 경매에 부쳐졌고 주인도 모르게 출입 금지 처분이 내려지는 바람에 가구, 공구, 옷, 컴퓨터 같은 집주인의 물건은 아직 집 안에 그대로 있다. 참으로 기이한 이미지다. 집이 거대한 얼음덩어리가 되리라고는 아무도 생각하지 못했을 것이다. 거실 천장에서부터 두껍고 거대한 고드름이 생기리라고는, 화장실이 얼음으로 둘러싸이리라고는 아무도 상상하지 못했을 것이다. 자연과 무지는 집이었던 곳을 유명한 구경거리로, 안전하다고 생각되었던 것을 돌연변이로 만들어 버렸다. 불명확한 경제적 구조와 환경의 위력이 편안하고 안정적인 공간 안에 스며들어 환경의 공포가 집을 습격한 것 같은 두려움의 대상으로 변형시켰다. 모든 것을 잃어버린 집주인(목사였다)을 생각하면 마음이 아팠지만 사진에서 눈을 뗄 수 없었다.

　우리는 고딕 의상을 입는 법과 그 색상과 정서에 대해
알고 있다. 하지만 어떤 사물이 고딕의 감성을 보여 준다
면 그것은 '몰락이 보여 주는 너무나도 뚜렷한 허무'일 것
이다. 시간과 원소들은 특정한 종류의 부패를 만들어 낸다.
그것은 인간이 설계한 의도적인 반달리즘이나 재산의 파
괴가 아니라 물리학의 무자비한 영향력과 날씨가 가져오
는 혼돈이다. 리빙스턴 하우스는 그 아름답고도 기괴한 사
례이다. 방치된 이후 건물은 유기체 같은 모양으로 구부러
지고 뒤틀렸다. 예측할 수 없고 불가사의한 형체가 되었고,
자연적인 것과 인공적인 것 사이에서 일어나는 무서우면서
도 매혹적이고 자극적인 붕괴를 연상시켰다.
　집은 왼쪽에 하중이 실리면서 마치 한 대 얻어맞은 듯 기
울어져 '슬럼피Slumpy(주저앉았다는 의미)'라는 별명이 생겼다.
직사각형 창틀은 내려앉아 평행사변형이 되었다. 3층 타워
의 원뿔형 지붕은 똑바로 솟은 게 아니라 약간 왼쪽을 가리
키고 있다. 정문이 있었던 건물 왼쪽은 오른쪽으로 기울어
졌고 정면부는 미끄러지듯 허물어져 1층과 2층, 그리고 빈
벽장의 창백한 녹색 벽을 드러내고 있다. 현대의 도시에서
는 모든 면에서 존재해서는 안 되는 구조이며 그렇게 오래
된 집이 완전히 무너지거나 사람이 여전히 살지 않은 상태
에서 그저 썩어가고 있는 모습을 보이는 경우도 드물다. 디

트로이트의 쓰러져 가는 건물 중 '슬럼피'의 사진이 가장 많은 것도 당연하다.

1894년, 다임 세이빙스 은행장을 역임했던 〈디트로이트 이브닝 저널〉 발행인 윌리엄 리빙스턴 2세는 브러시 공원 근처 부촌인 엘리엇 스트리트에 집을 짓기 위해 건축가 앨버트 칸을 고용했다. 네오 프랑스 르네상스 양식[92]으로 설계된 리빙스턴 하우스는 '중서부의 파리'라 불렸던 디트로이트의 황금시대를 보여 주는 고전적인 예이다. 1900년대 초 자동차 시대의 도래와 더불어 사람들은 도심에서 먼 곳으로 이사하기 시작했고 단독 세대를 위한 대저택은 아파트로 분할되었다. 자동차 산업이 호황을 누리고 고속도로가 주거지를 가르기 시작하면서 사람들은 도시를 떠났다. 하지만 자동차 산업이 쇠퇴하자 아름답던 브러시 공원도 방치되었다. 엘리트들이 살던 위풍당당한 빅토리아풍 대저택은 마치 미스 하비샴[93]을 추모하듯 무너져 황폐해졌다.

1987년경 적십자사에서 리빙스턴 하우스를 허물고 새 본부를 지을 계획으로 이 땅을 사들였다. 하지만 사적史跡 보호 운동가들이 개입해 건물을 동쪽으로 한 블록 옮기는 방

---

92 19세기 말부터 20세기 초까지 유럽과 미국에서 유행했던 건축 양식. 16세기부터 17세기까지의 프랑스 건축에 영향을 받았다.

93 디킨스의 소설 『위대한 유산』의 등장인물. 결혼식 날 버림받은 충격으로 무너져 가는 대저택 안에 칩거한다.

법으로 보존하는 데 성공했다. 새로 옮겨진 땅의 기초는 불행히도 집을 지탱할 수 있을 만큼 견고하지 못했고, 리빙스턴 하우스는 20여 년에 걸쳐 서서히 붕괴하기 시작했다. 복원하거나 철거하는 데 너무 많은 비용이 소요되기 때문에 리빙스턴 하우스는 자체 하중으로 가라앉는 상태로 방치되었다. 양옆에 있던 집들은 이미 오래전에 철거되었고 리빙스턴 하우스만이 홀로 남아 무너져 가고 있었다. 슬럼피는 결국 고통을 견디지 못하고 1990년대 말에 붕괴했다.

무너져 황폐해진 저택은 고딕 풍경을 이루는 주춧돌이다. 낡은 성, 방치된 영지, 문은 삐걱거리고 벽은 무너져 가고 천장에는 물이 새는 상태로 버려진 빅토리아풍 저택은 호러 미학의 고전적 구성 요소이다. 종교 개혁 이후 영국 각지 시골에 소재한 수도원의 폐허에서 붕괴된 건축물이 가지는 매력이 드러났으며 이는 이후 고딕 지형학의 기초가 되었다. 18세기의 장식용 건물은 낭만화된 과거 중세에 대한 오마주였고, 전쟁으로 부서진 아치형 입구의 폐허와 무너지는 성벽의 모조품으로 귀족 계층의 정원을 장식하는 게 최신 유행이 되었다. 세바스티안 페더의 〈달빛을 받고 선 강가 고딕 성당의 폐허〉나 카스퍼 다비드 프리드리히의 〈오크우드의 수도원〉 같은 그림은 폐허를 수수께끼 같은 음울한 향수로 낭만화했다. 앤 래드클리프의 장편소설 『우돌포의 수수께끼』에서 에밀리는 성의 "서서히 썩어 가는 어두운 회색 석벽이 음울하고도 숭고한 대상이 되는…" 모습을 바라본다. 에드거 앨런 포의 「어셔 가의 몰락」에서 "가장 큰 특징은 그 지나친 고색창연함이었다. 세월에 의한 퇴색이 엄청났다. 미세한 곰팡이들이 집 외부 전체에 퍼졌고, 지하 술 창고에서부터 나온 정교한 거미줄이 걸려 있었다." 이러한 장치들은 수십 년을 버텨왔다. 호러 영화 〈다크 워터〉는 뉴욕 루스벨트 섬에 소재한 다 쓰러져 가는 1970년대 아파트를 무대로 한다. 19세기에는 블랙웰이란 이름으로 처음 알려졌던 이 섬은 뉴욕 정신병원 수용소 자리였고 스몰 폭스 병원의 폐허가 아직도 남아 있다. 영화에서 어린 소녀의 침대 위로 물이 새는 불길한 천장은 무시무시한 분위기를 만들어 내고, 계속 커지면서 번지는 얼룩덜룩하고 축축한 자국은 일상적이고 짜증 나는 집 수리를 공포의 대상으로 증폭시킨다.

폐허는 하나의 구경거리, 문명의 쇠퇴와 자연 앞에서의 무력함에 대한 공포를 표현하는 비유로서의 가치밖에 없다. 현대의 폐허는 탈 공업화 시대 경제의 한계를 목도하며 감내해야 하는 불안과 자연의 응보를 보았을 때의 만족감을 동시에 말해 주고 있다. 폐허는 일시적 경계선 위에 존재하여 "관찰자로 하여금 대상의 온전함과 그 소멸을 동시에 볼 수 (있게 한다…)." (줄리아 애덤스, 안드레아스 쉔레, 『근대성의 폐허』, 2010) 좀비처럼 폐허도 살아 있으면서 죽은 것이다. 유령처럼 여기에 존재하지만 존재하지 않는다.

퇴락하는 건축물에 대한 매혹과 '폐허 포르노(도시의 황폐한 지역을 페티시화한 사진)'의 급증은 황폐와 방치의 미학을 경제 쇠퇴의 시각적 언어에서 낭만주의와 엔터테인먼트의 영역으로 변화시켰고, 여기에는 평가 절하되었던 것들의 상품화라는 씁쓸한 아이러니가 있다. 바이스랜드Viceland 방송사의 TV 시리즈인 〈버려진 곳Abandoned〉에서, 진행자인 릭 맥크랭크는 오하이오의 방치된 쇼핑몰, 태평양 북서부의 옛 원자력 발전소 자리, 노스캐롤라이나의 무너져 가는 나스카NASCAR 자동차 경주장, 그리고 당연히 디트로이트의 거리를 스케이트보드를 타고 가로지른다. 그는 우리를 기념비적인 센트럴 역, 붕괴하고 있는 거대한 패커드 자동차 공장, 한때 화려했으나 이제는 주차장으로 바뀐 미시간 극장 같은 유력한 용의자들의 투어로 안내한다. 2010년대에는 사람이라고는 얼씬 않는 버려진 공간을 사진으로 아름답게 찍은 커피 테이블용 책[94]들이 마치 도시 쓰레기의 표본이 되는 양 쏟아져 나왔다. 이브 마르샹과 로맹 메프레의 『디트로이트의 폐허』, 앤드루 무어의 『해체된 디트로이트』, 댄 오스틴의 『잃어버린 디트로이트: 모터 시티의 장엄한 폐허에 대한 뒷이야기』 같은 사진집들은 접근할 수 없는 장소를 관음증적으로 관람하게 해 준다. 이 책들에는 텅

---

94 꼼꼼한 독서보다는 넘겨 보는 용도로 만든, 사진과 그림이 많이 실린 크고 비싼 책을 말한다.

빈 사무실 바닥에 잔디처럼 자라나는 이끼, 마룻바닥이 위쪽으로 뒤틀려서 마치 완만한 파도처럼 보이는 학교 체육관, 머그샷과 현상 수배 포스터, 지문 카드가 무릎 높이로 쌓인 옛날 경찰서의 이미지가 있다. 일상생활 중의 이러한 동결된 시간에서 순간은 영원이 되고 영원은 순간이 된다. 그리고 마음을 사로잡는다. 나는 개발의 냄새를 알고 있다. 개발은 거기에서 살고 일하고 노는 사람들을 무시한다는 것을, 가난을 낭만화하고 경제적 쇠퇴를 페티시화한다는 것을 알면서도 나는 계속 보고 있다. 쌓인 채 썩어 가는 교과서들을 보며 고개를 절레절레 젓지만 사회적 붕괴를 바로 눈앞에서 보고 있다는 전율을 거부할 수 없다.

미시간의 가을은 나에게 플라톤적인 이데아의 계절로 남아 있다. 북쪽에서 불어오는 공기의 상쾌함, 갓 구워낸 따끈한 도넛과 뜨거운 사과주, 몇 주가 아니라 몇 달 동안 선명함을 유지하고 있는 빨간색, 오렌지색, 노란색 잎들에 대한 기억은 오하이오도 뉴욕도 대신하지 못한다. 1970년대 말과 1980년대 초의 디트로이트는 핼러윈에 이상적인 도시였다. 나는 비교적 안전한 지역에서 자랐는데, 부모님이 조심하라고 걱정하면서도 나와 친구들이 달밤에 밖에서 돌아다닐 수 있게 해 주실 만큼 안심할 수 있는 곳이었다. 우리 동네는 상대적으로 보존이 잘 된 편이었는데도 유리창은 판자로 가리고 외부는 검은색 페인트를 칠한(뱀파이어의 소굴로 이상적이다) 으스스한 빅토리아풍 저택이 곳곳에 있었다. 이런 집은 무성하게 자란 잡초로 뒤덮여서 우리가 지나갈 때마다 이상한 소리를 내며 바스락거렸다. 10월 31일에는 산 자와 죽은 자 사이에 있던 베일이 걷히고 불신이 잠시 멈추며 밤은 우리 꼬마들 차지였다.

하지만 핼러윈 전야에도 이랬다고는 말할 수 없다.

미시간을 떠나고 나서야 나는 핼러윈 전야, '악마의 밤'이라고 알려진 그 밤이 디트로이트에만 있는 현상이라는 것을 알았다. 1930년대에 악의 없는 장난과 익살(자동차 유리에 비누칠하기, 집에 달걀 던지기, 화장실 휴지를 길게 풀어놓기)로 시작했다가 1970년대에 와서는 지나친 반달리즘과 방화로 변했다. 그래서 악마의 밤에는 나가서는 안 됐다. 핼러윈에는 이러한 공포와 위험이 가라앉고 자제되었지만, 전야의 공포는 진짜였다. 내 친구 중 하나는 심지어 악마의 밤 통행 금지 시간 이후에 나갔다가 경찰에 끌려간 적도 있었다. 열두 살 때인 1984년 10월 30일에 나는 공포와 흥분에 떨며 지역 뉴스를 봤다. 도시 전체에 걸쳐 810건의 화재 사건이 있었고 그로 인해 디트로이트는 '세계 방화범의 수도'라는 별명이 붙었다("수백 건의 화재가 디트로이트 악마의 밤을 밝히다", 〈뉴욕 타임스〉, 1984년 11월 1일). 그날 밤의 소방차 출동 기록은 영화 〈우주 전쟁〉의 현실판 같은 악몽 그 자체다. 소방차들이 연이어 출동한다. 1호 사다리차와 5호 소방차 출동 중. 11호 소방차 출동 중. 32호 소방차 출동 중. 41

호 소방차와 16호 사다리차 출동 중. 40호 소방차 출동 중. 5호 소방차 출동 중. 6호 소방차 출동 중. 21호 소방차 출동 중. 8호 사다리차와 29호 소방차 출동 중…. 모든 화재가 진화되까지는 72시간이 걸렸다.

1984년 10월 25일, 콜먼 영 시장은 경찰서와 소방서의 부국장과 현장 지휘관들, 노조와 교육 위원회 대표들과 함께 기자회견을 열었다. 그는 자원한 1천여 명의 경찰학교 학생과 예비 경찰관들, 시민들로 지역 방범대를 조직해 '악마의 밤'에 대비하겠다고 시민들을 안심시켰다. 경찰 근무조를 세 배로, 소방 인력을 33퍼센트 늘렸다. 이 기자회견이 무엇에 관한 것인지 몰랐다면 겁에 질릴 만한 내용이다. 시장이 이러한 노력으로 이루려는 바를 말하기 전까지는 외계인이 쳐들어오고 있거나 파멸적인 자연재해가 임박했다고 생각할 수도 있었다. 핼러윈 전야를 예전처럼 돌려놓아 아이들이 재미있게 놀 수 있는 밤으로 만드는 게 목적이었다.

1984년은 디트로이트 역사상 최악의 '악마의 밤'으로 기록되었다. 하지만 10년 후 '악마의 밤'에도 300건의 화재가 발생했다. 그날 밤, 토미카 윌슨의 한 살배기 딸은 살던 아파트가 불길에 휩싸이면서 목숨을 잃었다.

디트로이트 주민 일부가 데니스 아처 디트로이트 시장을 '악마의 밤'에 대한 대비가 미흡했다는 혐의로 고발했다. "시장은 별 것 아니라고 생각하고 싶어 했어요." 어니스틴 고든이 말했다. "그는 '악마의 밤'을 '핼러윈 이브'라고 불렀죠. 그래서는 안 됩니다. 그날은 '악마의 밤'이에요. 무슨 일이 터진다고 생각하고 준비해야 합니다."

악마의 밤의 난동에 가까운 혼란은 세월이 지나면서 서서히 사그라들었고 시민 방범대는 '악마의 밤'을 '천사의 밤'으로 다시 이름 붙였다. 그러나 디트로이트는 미국의 도시 중에 인구 1인당 화재 발생 건수가 가장 많다. 2013년부터 2015년 사이에 주택, 아파트, 사무실, 교회, 학교, 기타 건물에서 1만 건 이상의 화재가 발생해 약 120명의 목숨을 앗아갔다. 영화 〈크로우〉에서 부활한 에릭 드라벤은 악마의 밤에 강간당하고 살해된 여자 친구와 자신의 복수를 하려 한다. 영화는 다음과 같은 대사로 끝난다. "건물은 불타고 사람들은 죽지만 진정한 사람은 영원하다."

디트로이트는 신뢰성 있고 체계적이며 논리적인 프로젝트에 따라 건설되었지만, 그 현실적 운영은 혼란하고 무작위적이었고 사람, 자연, 경제의 변덕에 좌우되었다. 과거에 디트로이트는 미국에서 다섯 번째로 큰 도시였다. 1900년대 초 자동차 산업의 급성장에 따라 남부 주민들이 헨리 포드의 자동차 공장에서 일하려고 북부로 대거 몰려들었다. 1940년대에 2차 대이동이 있었는데, 짐 크로 법의 인종 분리주의를 피하려는 흑인들이 가장 많았다. 하지만 그들은 여전히 제도적 인종 차별, 고용과 주거에서의 편견에 시달렸다. 경찰의 잔혹 행위가 있고 수십 년이 지난 1967년 여름, 미국 역사상 가장 파괴적이고 끔찍한 폭동 중 하나가 발생했다. 디트로이트 주민들이 '반란Rebellion'이라고 부르는 이 기간에 2천500채 이상의 건물이 파괴되었다.

'반란'이 디트로이트 역사에서 결정적 순간이기는 했지만 도시가 쇠락한 원인은 그 하나가 아니라 백인 중산층의 교외 이주, 정치 부패, 1970년대의 불황, 범죄율 증가 등 복합적이었다. 가장 큰 원인은 미국 자동차 산업의 쇠락이었다. "디트로이트는 헨리 포드가 공장을 세우기 시작하던 때의 작은 구역으로 붕괴하기 시작했다. 자동차가 디트로이트를 세웠고 디트로이트를 해체했다. 디트로이트는 어떤 면에서는 일회용으로 만들어졌다." 디트로이트는 무자비할 정도의 인구 감소를 겪었다. 1950년대에 180만이었던 인구는 2010년에는 71만 3천 명으로 줄었다. 2016년 인구는 672,759명이었다. 도시 건물의 거의 3분의 1이 위험 상태인 것으로 판단되었다(위험 상태란 건물이 견고하지 못하고 위험에 노출되어 대규모 보수가 필요하고, 화재로 손상되었거나 지반이 붕괴하고 있는 상태를 말한다). 남은 것은 황량한 공터와 초목으로 뒤덮인 주택으로 이루어진 풍경뿐이다. 한때 견실한 중산층의 주택이 나란히 서 있던 곳에는 풀밭만 보인다. 옆집과 벽을 함께하며 서 있던 주택들은 버려진 채 남겨져서 격자무늬로 깔끔하게 계획된 도시 구역을 얼기설기 꿰맨 누더

기처럼 만들었다. 모든 빈터는 한때 주거지였다. 집마다 장식품 컬렉션, 지워지지 않는 크레용 낙서가 있는 벽, 수리해야 할 지붕 구멍과 문손잡이, 비밀 은신처와 마룻장 밑에 감춰진 보물이 있었다. 조르주 페렉의 말처럼 이들 직사각형의 흔적은 "어떤 면에서는 버려진 미래에 대한 기억의 자취를 자연스럽게 규정해 주는 기념비적인 공석空席이다."

오직 사랑하는 이들만이 살아남는다

열네 살의 나에게 완벽한 영화가 무엇이냐고 물어본다면, 짐 자무쉬가 틸다 스윈튼(열네 살 때 영화관에서 데릭 저먼의 〈카라바지오Carravaggio〉를 보고 난 후 한동안 그녀의 팬이었다) 주연으로 디트로이트에서 찍고 있는 뱀파이어 영화들이라고 대답하겠다. 〈오직 사랑하는 이들만이 살아남는다Only Lovers Left Alive〉에서 우울한 은둔형 뱀파이어인 아담은 브러시 공원에 있는 무너져 가는 앤 여왕 시대 대저택에 산다. 리빙스턴 하우스와 마찬가지로 이 집 주위에는 아무것도 없다. 집 양쪽의 황량하고 잡초 무성한 공터는 부재 그 자체이고, 도로 건너편에도 아무것도 없는 것 같다. 불길한 느낌을 주는 건 풍경에 있는 사물들이 아니라 텅 비어 있음, 사물의 결여, 오로지 풍경만이 존재한다는 사실이다. 고립된 아담의 집은 불길한 동시에 취약하며 사회에서 버림받은 위치에 있다. 언덕에 있는 드라큘라의 성으로 이어지는 위험한 길과는 달리 아담의 집은 도로 바로 아래에 있지만 그만큼 으스스하기는 마찬가지다.

아담의 집 내부는 화려하고 풍성하다. 따뜻한 톤으로 꾸며진 각종 무늬의 러그와 장막 여러 장과 오래된 소파가 있고 벽은 사진과 철학자, 시인, 과학자들의 초상화로 뒤덮여 있다. 구석마다 악기와 오디오가 있다. 풍요로운 삶의 공간이다. 이와 대조적으로 외부는 황폐하고 으스스하게 고립되어 있으며 지금 죽어 버린 상태는 아니라도 죽어가고 있다는 건 확실하다. 자살을 고심하고 있는 아담은 쇠퇴하고 있는 디트로이트의 영혼과 심리적인 면에서 궤를 같이하고 있다. 하지만 통상적인 인간 수명을 훨씬 넘어 살아가고 있는 아담은 이 세상을 인류학보다는 지질학에 가까운 크기로 경험한다. 아담의 우울은 '좀비들'(그는 인간을 이렇게 부른다)과 그 좀비들의 지구에 대한 노골적인 무관심 때문에 생겨난다. 영화는 기후 변화에 대한 언급으로 가득하다. 리빙스턴 하우스는 자연의 위험에 위태위태해 보이지만 〈오직 사랑하는 이들만이 살아남는다〉에서 일을 그르치는 건 사람들이다.

아담은 (불멸의 짝) 이브를 도시 투어에 데려가는데 그녀가 한마디한다. "그러니까 여기가 당신의 황무지인 디트로이트군." 그들은 버려진 패커드 자동차 공장, 장엄한 프랑스 르네상스 양식의 명소였으나 지금은 주차장이 된 미시간 극장을 지나간다. 모타운 레코드의 발상지인 히츠빌 USA는 밤에 보면 별로 흥미롭지 않지만 그들은 차를 타고 가수 잭 화이트의 집 옆을 지나간다. 도로는 한산하고 마치 그 블록 안에 있는 가로등이 죄다 나간 것처럼 조명은 어슴푸레하다. 2012년 디트로이트 시는 이미 고장 난 8천 개의 가로등을 수리할 예산도 없는 상황에서 시내의 가로등 수를 4만 6천 개로 줄이는 계획안을 제출했다. 이는 이미 범죄와 빈곤에 시달리는 동네를 암흑으로 몰아넣을 것이다. 영화에서 모든 사물은 그림자 속에 숨어 있고 시간은 영원히 새벽 3시에 머무른 것 같다. 도로에는 보행자도 자동차도 하나 없고 멀리 경찰 사이렌 소리와 함께 밤의 기이한 생물체가 내는 긴 울음소리가 들려온다.

팔로우

디트로이트는 이미 호러 영화의 케케묵은 미장센이 되었음에도 데이비드 로버트 미첼 감독의 〈팔로우-It Follows〉는 교외 지역을 무대로 한다. 나는 정말 디트로이트 토박이라고 말하고 싶지만 그럴 수 없다. 오하이오주 신시내티에서 태어났고 한 살 때 매사추세츠주의 애머스트로 이사했다가 그다음에 미시간으로 왔다. "어디 출신이세요?"라는 질문에 대답이 길어질 것 같으면 애머스트에서 바로 디트로이트로

왔다고 한다. 디트로이트로 오기 전 2년 동안 살았던 인근 교외 지역인 사우스필드는 건너뛴다. 나는 으스스하고 따분하고 재미없는 곳이었다는 느낌 말고는 거기서 살던 때를 거의 기억하지 못한다. 지금 떠올려 보면 사무실용 건물들이 모여 있던 넓은 단지와 내내 텅 비어 있던 운동장 구역이 생각난다. 죽은 새 주위에 다른 아이들과 둥글게 모여 있고 누군가가 그 죽은 새를 막대기로 찔러 보았던 것도 기억난다. 어떤 애가 야구 방망이에 머리를 맞아서 체육 선생님이 병원으로 데려가는 동안 학교 복도에 피가 뚝뚝 떨어지며 핏자국이 남았던 것도 생각난다. 내가 정말 친구가 되고 싶었던 여자애가 있었지만 그 애의 개가 무서워서(나는 그 개가 인종 차별견이라고 생각했다) 그러지 못했던 것도 기억난다. 디트로이트가 폭동에 휘말렸을 때도, 가게 점원들이 방탄유리 뒤로 숨었을 때도, 길모퉁이에 매춘부들이 보일 때도 사우스필드 시절만큼 무섭지는 않았다.

영화 제작자들은 마치 판에 박힌 듯 교외 지역을 호러 영화의 무대로 사용한다. 〈나이트메어〉, 〈핼러윈〉, 〈폴터가이스트〉, 〈파라노말 액티비티〉가 그 예다. 안전하다고 생각되었던 배경으로 괴물이 쳐들어오면 훨씬 더 공포스럽다. 디트로이트는 "어두운 타자dark other'로 (프레임이 씌워진) 흑인들이 압도적으로 많은 도시이며, 소외되고 두려움의 대상이 되고 미국에서 떨어져 나가야 할 곳이다." (도라 아펠, 『아

름답고 끔찍한 폐허들』, 2015)

〈팔로우〉에서 제이미는 무자비하고 소리 없고 형체가 변화하는 어떤 '존재'의 형태로 나타나는 성적性的 저주의 피해자다. 제이미와 친구들은 백인 중산층 동네에서 산다. 영화의 시작 부분에서 우리는 인도에 분필로 그려진 땅따먹기 놀이판, 잔디 깎는 남자, 세차하고 있는 잘생긴 10대의 모습을 본다. 부자 동네는 아니지만 편안하고 정상적이다. 시기는 모호하다. 제이미 집의 실내 장식은 1970년대나 80년대 스타일이지만 친구가 읽고 있는 책은 아직 발명되지 않은 어떤 전자 장치에 관한 것이다. 제이미는 휴와 데이트로 오르간이 반주하는 무성 영화를 보러 간다.

제이미가 저주에 걸리는 장면은 황폐한 옛 노스빌 정신병원의 주차장에서 촬영되었다. 거대하고 위압적인 건물이다. 주위는 황량하고 어둡다. 불빛이라고는 그들의 차를 비추는 가로등이 전부다. 노스빌 병원은 1952년에 개원했지만 1970년대 불경기에 시달리면서 환자들은 과밀 수용된 채 방치되었다. 2003년에 결국 문을 닫았는데 용감무쌍한 유령 사냥꾼들에게 인기 있는 명소가 되었다. 병원을 둘러싼 숲은 '악령의 숲'이라고 불렸다.

둘이 섹스를 하고 나서 휴는 제이미를 쓰러뜨리고 휠체어에 묶은 다음 이제부터 그녀를 쫓아오게 될 생물체를 강제로 보게 만든다. 이 장면은 버려진 패커드 자동차 공장에서 촬영되었다. 콘크리트는 떨어져 나가고 철골이 드러난 넓고 텅 빈 공간이다. 유리창은 깨진 지 오래고 공장 내부와 외부 사이의 경계선은 구별이 되지 않는다. 패커드 자동차 공장은 1903년에 문을 열었는데 당시에는 세계에서 가장 현대화된 자동차 생산 시설로 평가되었다. 17만 제곱미터에 달하는 공장 단지는 1956년에 폐쇄되었는데, 현재 세계에서 가장 큰 방치된 건물이라고 한다. 제이미와 휴의 관계는 교외 중심가의 멋진 영화관에서 시작한다. 공격은 파산한 주립 병원과 황무지가 된 공장 부지에서 일어난다.

영화 전반에 걸쳐 괴물의 공간과 피해자의 공간은 대조된다. 제이미가 다른 사람과 섹스해서 저주를 타인에게 넘기지 않는 한 그 '존재'는 제이미를 죽이고 계속 휴를 쫓아다닐 것이다. 휴는 안전한 교외 지역을 뒤로하고 도시로 도망가 무너져 가는 폐가에 숨는다. 그가 살던 거리에는 그런 집들이 많다. 제이미와 친구들은 휴를 찾겠다고 결심하고 차를 몰아 시내로 들어간다. 그들은 판자로 칸막이를 한 가게들과 쓰러져 가는 집들과 공터를 연이어 지나간다.

〈오직 사랑하는 이들만이 살아남는다〉에서 아담과 이브가 차를 몰고 지나가는 디트로이트는 마치 고대 로마를 찾은 관광객들처럼 철학적 사색과 역사적 시선으로 그려진다. 〈팔로우〉에서 도시로 들어가는 길은 공포로 뒤덮인 위험한 여정으로 묘사된다. 제이미와 친구들은 장대한 임무를 수행하듯 '존재'를 죽이기 위해 비장할 정도로 진지하게 도시로 되돌아간다. 교외 지역과는 달리 거리에 있는 사람들은 모두 흑인이다. 도시는 '예상치 못한 쇠퇴, 범죄, 그리고 미확인 흑인들'을 표상한다. '도심 빈민가' 또는 '시내' 같은 완곡어법은 흑인을 나타내는 잘 알려진 암호다. 판자로 창을 가린 집들을 지나 특히 가난한 흑인 동네로 들어섰을 때 등장인물 중 하나가 말한다.

어렸을 때 부모님이 에이트 마일 대로에서 남쪽으로는 가지 못하게 하셨는데 이유를 몰랐지. 조금 나이가 들고서야 거기가 교외 지역이 끝나고 도시가 시작되는 지점이란 걸 알았어.

'존재'는 사냥감인 제이미와 친구들을 몰래 쫓아와 그들의 영역—동네, 집, 학교—안으로 들어온다. 하지만 괴물을 제거하는 지저분한 일은 디트로이트에서 벌어진다. 〈팔로우〉는 호러의 탈을 쓴 '님비Not in My Backyard' 전투다.

현대 폐허의 숭고함은 그것이 가진 상대적인 새로움에 있다. 옛 건물의 용도와 이력은 친숙하고 인지할 수 있다. 그리고 우리가 사는 세상이 먼지로 돌아갈 것이라는 데서 오는 매혹과 혐오 사이의 이분법을 만들어 낸다. 우리는 우리 자신이 무너져 가는 모습을 본다. 우리는 우리 자신의 죽음을 바라보고 있으며, 사진, 폐허 포르노 웹사이트, 다큐멘터리, 호러 영화를 통해 우리 자신의 장례식을 애도하는 사람이 된다. 이렇게 문명의 종말을 흘낏 보는 것에는 묵시록 이후의 세상을 맛본다는 음침한 즐거움이 있다. 유진 태커는 이같이 모호한 구역을 "우리 없는 세상world-without-us"이라 불렀다. 이는 인간 없는 세상, 인간이 하찮은 존재가 된 장소는 어떻게 될 것인지 살짝 엿보는 것이다. 자연이 우리를 신경 쓰지 않는다거나 그 지배력을 과시한다는 의미가 아니다. 자연은 우리가 여기 있다는 것도 모른다. 폐허가 된 공간은 태초의 최고 건설자인 자연이 중력을 넘어서고 구조적 통합성을 회피하면서 인계받아, 우리가 한때 여기 있었다는 사실과 우리가 얼마나 작은 존재인가를 상기시켜 준다.

나는 '폐허 포르노'와 불편한 관계를 이어가고 있다. 이러한 이미지에는 ('포르노'가 함축하는) '켕기는 즐거움guilty pleasure'이 있다. 나는 디트로이트에서 자랐기에 내 고향이 사회적 실험, 예술 프로젝트, 부동산 할인 코너로 받아들여지는 것을 보는 게 불편하다. 이들 이미지에 내가 매혹되는 것과 그 이미지들이 만들어진 상황 사이에는 불협화음이 있다. 폐허에서 기쁨을 느끼는 능력은 일종의 특권이다. 멸망하는 광경을 보고 즐거워하는 것은 그 당사자가 아니기 때문이고 붕괴의 미학은 자칫 낭만화된 가난이라는 함정에 빠질 수 있다. 폐허를 보고 감탄하기는 쉽다. 하지만 이러한 이미지들은 경기 악화, 정치적 부패, 제도적 인종 차별주의, 폭력, 무관심의 결과이다.

〈오직 사랑하는 이들만이 살아남는다〉에서 아담과 이브는 차를 타고 폭스 극장(내가 더 스미스의 공연을 봤던 곳)을 지나간다. 그리고 영화에서 극장은 불길하고 황량해 보인다. 하지만 폭스 극장은 그 이후에 개조되어 이제는 아주 멋져졌다. 이브는 도시의 황량함을 어느 장소의 생애에서 흥미로운 하나의 순간, 시간의 스펙트럼에 따른 또 다른 조각으로 본다. 그녀는 아담에게 말한다. "이곳은 다시 일어설 거야. 여기엔 물이 있어. 남쪽의 도시들이 불타면 이곳은 생기가 돌겠지." 2017년 1월, 망가진 가로등 8만 8천 개가 6만 5천 개의 새 LED 등으로 대체되었다. 한때 '슬럼피'가 서 있었고 영화에서 뱀파이어 아담이 집으로 삼았던 브러시 공원은 버려진 구역들 사이의 기괴한 공터들을 레스토랑, 가게, LEED[95] 인증을 받은 지속 가능한 주택들로 채우는 대규모 재개발이 진행 중이다. 2018년에 『론리 플래닛』 여행 안내서는 디트로이트를 "방문할 가치가 있는 가장 멋진 도시 중 하나"로 선정했다. 방송인 앤서니 부르뎅은 TV 시리즈 〈알려지지 않은 곳Parts Unknown〉의 에피소드 하나를 여기서 촬영했고, 뱀파이어 아담이 살던 집은 한동안 에어비

---

95   미국 그린빌딩위원회(US Green Building Council)에서 개발, 시행하고 있는 친환경 건축물 인증제도.

앤비에 올라왔다.

남부 고딕이 남북전쟁 후의 미국에 관한 것이라면 디트로이트는 분명 탈산업화 시대의 미국 고딕을 대표한다. 디트로이트는 지옥에서 돌아온 도시이며 모토는 'Speramus Meliora; Resurget Cineribus(더 좋은 날들을 희망하며 폐허에서 일어날 것이다)'이다. 잿더미가 되더라도 불길 속에서 다시, 또다시, 몇 번이고 일어날 것이다.

검은 행성의 공포[96]

나는 투명인간이다. 아니, 나는 에드거 앨런 포의 작품에 나오는 유령도, 할리우드 영화에 나오는 심령체도 아니다. 살과 뼈, 섬유 조직과 수분으로 이루어진 실체를 가진 인간이다. 심지어 정신까지 가지고 있다고 말할 수 있을 것이다. 나는 투명인간이다. 이해해 달라. 사람들이 나를 보려 하지 않기 때문이다.

_랠프 엘리슨, 『보이지 않는 인간』

우리는 불사의 존재다

깊고도 깊은 잠에서

깨어나고 있는

_M. 라마르, 〈장례식의 불행한 영혼〉

나는 고스는 우울한 인간 혐오자가 분명하다는 가정이 언제나 거슬렸다. 이러한 가정은 행복의 겉모습이 무엇인가에 대한 극히 협소한 정의를 바탕으로 한 안일한 판단일

---

96 힙합 그룹 퍼블릭 애너미의 1990년 앨범.

뿐이다. 이런 이야기가 나올 때마다 나는 사람들에게 대중문화에서 가장 행복하고 낭만적인 커플인 〈아담스 패밀리〉의 모티시어와 고메즈 아담스를 예로 든다. 이러한 이유로 우리는 블루스를 병적이거나 암울한 음악으로 생각하지 않는다. 블루스는 그저 감성을 과장해 찬양할 뿐이다.

방법론적 면에서 공포, 죽음, 우울, 으스스함을 사용할 수는 있다. 하지만 고딕(또는 고스)은 다른 낭만주의들 위에 있다. 고딕과 낭만 모두 정의하기 모호하다는 문제가 있지만 둘 다 이성을 넘어선 '상상력이란 특권을 누리며', 무엇이 내면적이고 감정적인가에 관한 부르주아적 사회 규범에 저항한다(마이클 퍼버, 『로맨티시즘: 아주 짧은 소개』, 2010). 고딕은 통제를 크게 벗어남으로써 질서와 합리성에 맞서는 정반대의 존재가 된다. 고딕은 언제나 현실보다는 비현실을, 실체보다는 신비를 택한다. 고딕은 '한여름에 검은 벨벳 옷을 입는' 문화이고, 만일 여러분이 흑인이라면 최소한 어리석고 최악의 경우 위험할 수 있는 기이한 생활 방식에 기꺼이 따르는 것이다. 식민주의는 경계심(식민지 주민의 경계심과 식민지 개척자의 경계심 모두), 재앙을 대비해야 하는 고된 부담과 함께 온다. 그리고 이러한 사소한 일들이 취약성을 대놓고 드러낸다.

경박함이라는 특권

내 SNS 피드에는 고스 그룹이 평범한 회사 건물 앞에 서 있는 영상이 꽤 자주 노출된다. 검은색 롱스커트, 검은색 지퍼 바지, 검은색 티셔츠를 입고 두드러질 정도로 역설적인 단조로움 때문에 선택한 것 같은 칙칙한 회색/베이지색 건물 앞에 서 있다. 그들은 아무 소리도 내지 않지만 열광적이면서도 정교한 춤 동작과 의상은 포스트 아포칼립스 시대의 치어리더 팀과 닮았다. 그들이 맞춰 춤추는 음악의 장르가 인더스트리얼 뮤직[97]임은 짐작할 수 있다. 그들은 자신들의 재미를 진지하게 받아들이는 뻔뻔스러운 부적응자 공동체다.

전문가가 포토샵으로 처리한 전경에는 여덟 살에서 아홉 살 정도 되어 보이는 흑인 소년이 노란 티셔츠를 입고 서 있는데, 뒤에 있는 사람들의 흰 피부와 검은색 옷과 뚜렷한 대조를 이룬다. 소년은 손에 음료를 들고 전방을 응시하며 꼼짝 않고 서 있다. 그러고는 완벽한 코미디 타이밍에 그의 눈이 마치 정확히 "빌어먹을"이라고 하는 듯한 진지한

---

97 기존의 규칙에 반항하며 자극적인 주제를 표현하는 실험적인 음악. 전자 악기의 기계적인 음을 강조한다.

시선—마고 제퍼슨이 "생존을 위한 곁눈질"이라고 한—으로 카메라를 향한다.

이 현상은 '디지털화된 흑인 얼굴digital blackface'로 알려져 있다. TV 드라마, 영화, 개인 소장 영상에서 우쭐대며 히죽거리고 눈알을 이리저리 굴리는 장면을 발췌한 클립들을 모은 온라인 라이브러리가 있다. 이 클립들은 할 말을 잃거나 말하기 너무 괴로울 때 복사해서 붙여 넣어진다. 지갑을 움켜쥐고 히죽대는 뚱뚱한 흑인 여자, 성령을 영접하고 기절한 흑인 노파, 리얼리티 쇼 참가자들의 생기 넘치는 등장… 이런 장면들은 맥락이 제거된 채 혐오, 흥분, 자신감을 상징화하는 인간 이모티콘이 된다. 흑인들의 감정은 화폐처럼 온종일 트위터, 텀블러, 페이스북에서 이리저리 거래된다.

이해한다. 나는 이런 영상에 '좋아요'를 누르고, 무심하게 웃음 표시(LOL)를 하기도 한다. 하지만 대부분의 밈이 그러하듯 누군가에게는 피해를 준다. 그리고 서너 번 이런 영상을 받으면 더는 재미있지 않다. 노란 티셔츠를 입은 흑인 아이는 코미디의 조연 배우, 으스스한 교외 지역의 기괴함을 노련하게 포장한 것이다. 촌철살인의 어구는 흑인성에 대한 개념에 의존하고 있다. 여기에는 진지함과 지혜에 대한 기대, 쿨해야 한다는 부담이 있다. 고스는 버닝맨 페스티벌[98]과 르네상스 페스티벌[99]과 마찬가지로 '빌어먹을 미친 백인들이 하는 짓'이며 과시적이고 경박한데, 이는 흑인이 가진 회의주의라는 겉치장이나 거리의 상식과는 모순되는 속성이다. 이 '무기를 덮은 멋진 코트'는 인종 차별 위험에서 스스로를 보호하기 위해 품위라는 보호막을 사용하여 취약성을 피하고자 하는 영리한 방법이다. 고스는 또한 확실성과 주체성을 벗겨내 버리고 벨벳 실크해트와 검은 레이스 파라솔 정도만 남겨 둔 상태에서 재미있게 논다.

이 영상에서 댄서들은 아이를 인식하지 못한다. 아이는 거기 있었던 적이 없기 때문이다. 아이는 고스 댄서들을 본 적이 없었다. 어느 누구에 대해서도 판단을 내리지 않았다. 누군가가 아이가 나오는 부분만 다른 동영상에서 잘라내 교묘하게 고스 댄서들 동영상 앞에 편집해 넣은 것이다. 이런 행위로 고스가 병신 같고 웃긴다고 생각하지만 무서워서 대놓고 말하지 못하는 사람들을 대신해 말해 주는 대리 심판자로 이 아이를 이용한 것이다. 그의 존재는 단순히 "저 괴짜들 좀 봐"라고 말하는 데 그치지 않고 당혹스럽게

---

98 예술가를 포함한 다양한 참가자들이 미국 네바다주의 블랙 록 사막에 모여 일시적으로만 존재하는 가상의 도시 블랙 록 시티에서 펼쳐 보이는 예술 축제. 블랙 록 시티는 참가자들이 공동체, 예술, 자기 표현, 자립성에 전념하여 만들어지는 도시로 축제가 펼쳐지는 일주일이 지나면 흔적도 없이 사라진다. 축제 기간 중 토요일 밤이 되면 축제를 상징하는 거대한 나무 인물상을 불태우는데 여기에서 '버닝맨'(Burning Man)이라는 축제 명칭이 유래했다.

99 중세 시대의 복장을 하고 벌이는 야외 축제.

고개를 저으며 "저 백인들 좀 봐"라고 말하고 있다. 이 영상에서 내가 가장 거슬렸던 건 흑인 아이를 심판자로 사용한 것이 진부하고 낡아 빠진 개그인 "백인들은 이래/흑인들은 저래" 개념을 벗어나지 못했고, 의상, 음악, 춤을 "흑인들이 하지 않는 일"이라는 또 다른 범주에 집어넣었다는 점이다.

원본 영상에서 소년은 패스트푸드점 앞에 늘어선 줄에 서 있다. 옆에는 여자애가 있는데 소년의 이리저리 움직이는 시선은 첫사랑에 빠져 어쩔 줄 모르는 것에 가까워 보인다. 상대적으로 지루한 순간이다. 원본 영상에서 그는 통통하니 귀여운 자기 자신 말고는 아무것도 나타내지 않는다. 하지만 다른 맥락에 재배치되자 굉장히 쿨한 모습이 된다.

타네이시 코츠의 책 『세상과 나 사이Between the World and Me』는 아들에게 보내는 편지 형식이다. 코츠는 아들에게, 아들이 태어난 세상, 존재하는 것만으로 용의자가 되어 버리는 세상에 대해 경고한다. '아메리칸 드림'에 빠지는 위험을 경고한다. 아메리칸 드림은 결코 그를 위해 존재한 적이 없으며 흑인을 혼란스럽게 하고 무장 해제시키는 미끼에 불과한 허풍이라고 한다. 그는 이렇게 말한다.

흑인으로서 나는 꿈이라는, 밝은 생각이라는 사치를 감당할 수 없었다. 내 관심 범위의 3분의 1은 전적으로 생존에 바쳐졌다. 내 머릿속의 그 3분의 1을 좀더 아름다운 것들에 관심을 두었어야 했다는 것을 나중에야 조금 알게 되었다고 생각한다.

코츠는 잘못된 장소에서 잘못된 이야기를 하는 것, 잘못된 시간에 잘못된 거리를 걸어가는 것을 끊임없이 경계한다. 그리고 자신이 사는 세상과 그 세상을 좌우하는 사람들에 대한 지속적인 불신에 대해 쓴다.

고스 댄서들은 머릿속의 나머지 3분의 2를 '아름다운' 것들에 자유롭게 쓸 수 있고, 스스로 결정한 타자성otherness을 화려하게 즐길 수 있다. 고딕은 지금 여기 있는 것 말고 다른 무엇인가를 느릿느릿 몽상하고 그리워하라고 격려한다. 고딕은 마음이 다른 데 가 있는 문화인데, 미국의 흑인에게는 위험한 특성이다. 미국에서는 흑인이 멍하니 거닐거나 오래 머물러 있는 것이 치명적인 위협으로 받아들여질 수 있고, 그저 어떤 장소에 있는 것만으로도 누군가가 경찰을 부를 수 있기 때문이다. 미국에서 흑인으로 사는 것은 언제나 불안이 바탕에 깔려 있으며 계속 투쟁 도피 반응을 보여야 한다는 의미이다. 이런 상황은 때로 진정되기는 하지만 언제든 준비는 하고 있어야 한다. 정말 진 빠지는 일이다.

'흑인의 생명은 소중하다' 운동이 한창이던 시기에 #근심걱정없는흑인아이들2016CarefreeBlackKids2k16이라는 해시태그가 유행하기 시작했다. 이 해시태그는 인도에 죽어 쓰러진 흑인과 울고 있는 어머니들의 온라인 이미지가 폭증하는 것에 대한 반작용으로 기능하는 일종의 진정제였다. 임상 심리학자이며 루이빌 대학 정신 건강 센터 책임자인 모니카 윌리엄스에 따르면, "인종 차별의 생생한 경험과 결합된 영상(간접적 트라우마)은 외상 후 스트레스 증상과 유사한 심각한 정신적 문제를 발생시킬 수 있다." '근심 걱정 없는 흑인'을 찬양하는 기사들이 등장하고, 어린 소녀들은 〈블랙 걸 매직〉[100]의 분위기를 풍긴다. 사진작가 안드레 L. 페리는 『행복한 흑인들 제1권Happy Black People Vol.1』(2권의 출간을 예상하는 게 참신하다)이란 책을 출간했다. 금욕적인 흑인과 조폭, 성난 흑인 여성과 모든 것을 다 아는 신비한 검둥이 같은 비유는 너무나 은밀하게 퍼져서 대중은 진정한 행복과 당혹스러운 어리석음을 정서적으로 반대되는 것으로 받아들이게 되었다. 경찰 폭력의 피해자를 인간화하려고 노력하다 보면 피해자의 학창 시절 사진이 든 액자를 움켜쥐고 있는 어머니를 보여 주고, "그들의 이름을 말해"라고 하고 싶은 마음이 본능적으로 생긴다. 하지만 이는 '슬퍼하는 흑인 어머니'라는 다른 상징, 다른 아이콘을 만들어 내는 역효과가 생길 수 있다. 하지만 금욕주의와 애도는 같은 방법으로 저항의 행위가 될 수 있고 따라서 노골적인 부조리적 상황이 될 수 있다.

---

100 흑인 소녀들을 주인공으로 한 TV 프로그램.

코츠는 이를 "꿈과 밝은 생각이라는 사치"라고 했다. 소중한 것에서 잠시라도 시선을 돌리게 하는 것은 무모한 순진함으로 잘못 해석될 수 있지만, 밝은(또는 어두운) 생각은 이상적인 것이다. HBO의 TV 시리즈 〈노련한 무작위 행동Random Acts of Flyness〉 피날레에서 어떤 흑인 여성이 허공에 대고 말한다. "너는 흠이 많고, 어리석고, 엉망이고, 실패하고, 바보 같고, 개판이고, 허깨비 같고, 집착이 심해. (…) 그러면서도 네 주변의 사람들이나 네 영혼에는 어떤 피해도 입히지 않아. 그리고 잠재력을 얻게 되지." 경박함이란 인정받고 주장되어야 하는 권리라는 것을 상기시켜 주는 장면이다. 휴머니즘, 그리고 환상과 미래에 대한 권리를 지키려고 하는 이러한 전투적인 자세가 나는 아주 마음에 든다.

그래서 나는 세상이 〈블랙 팬서〉를 자각해야 한다는 열망과 필요를 이해한다. 이 자각을 통해 대서양 노예 무역이 일어나지 않았던 역사를 다시 상상하고 되찾을 수 있다. 만일 식민주의가 없었다면 어떻게 되었을까? 아프로퓨처리즘AfroFuturism은 아프리카 디아스포라에 대해 테크노컬처[101]를 이용해 백인 우월주의의 틀에 씌워지지 않은 세계를 다시 상상한다. 그리고 그 대신에 흑인성의 궤도를 도는 우

---

101 사용자가 단순한 콘텐츠 소비자에서 벗어나 원하는 정보를 추려내고, 한 걸음 더 나아가 창조적 역할까지 담당하는 등의 상향식 기능을 갖추고 있는 문화의 관점을 말한다.

주를 머릿속에 그린다.

퓨처리즘은 고딕과 정반대에 있는 것처럼 보일 수 있지만, 둘 다 과거를 낭만화해서 본다. 전자는 미화하고 후자는 바로잡는다. 이는 '잃어버린 미래'에 대한 비非 백인의 역사 재구성이고, 있어야만 했던 것에 대한 향수이다(마크 피셔, 『내 삶의 유령들』, 2014). 모순적으로 보일지 모르지만 아프로고딕의 역사 복원에는 낙관주의가 존재한다.

나는 M. 라마르의 음악을 알기 전에 그를 본 적이 있다. 그리고 갈색 피부의 펑크록/고스/메탈 뮤지션—불편한 타인the other one in the room[102]—을 볼 때 마음 깊이 친근감을 느꼈다. 그는 눈을 검은색 고리 모양으로 짙게 화장했고, 헝클어진 길고 곧은 머리카락은 반다나로 묶었다. 비쩍 마른 데다 딱 달라붙는 검은색 바지를 입고 있어서 고스의 고전적인 여성성과 남성성이 조화를 이루고 있었다. 고스의 시각적 언어를 전부 제대로 갖추고 있었기 때문에 그의 음악을 처음 들었을 때는 조금 놀랐지만 잠시 후에는 전혀 그렇지 않게 되었다.

음악가이며 미술가인 M. 라마르는 자신을 '블루스 전통 안에 있는 니그로-고딕 사탄 숭배 자유 흑인'이라고 설명

---

102 '불편한 진실'이란 뜻의 Elephant in the room의 패러디.

한다. 그는 레온틴 프라이스[103]를 숭배하는 오페라 카운터
테너이고, 흑인 영가와 노동요를 바탕으로 디아만다 갈라
스[104]처럼 흐느끼듯 길게 울부짖는 창법을 구사한다. 작곡
가 겸 공동 제작자인 헌터 헌트-헨드릭스는 M. 라마르를
"노동요와 흑인 영가를 부르는 퀴어 고스 오페라 가수"라고
설명한다. 라마르의 작품은 "1980년대의 반反 문화적 미학
과 윌리엄 포크너적인 남부[105] 사이에 있다. 거기에는 역설
적인 유대감, 세상 사이의 웜홀이 있고, 그 웜홀은 이 둘 모
두를 위한 지평선으로 반짝인다."

M. 라마르는 신비스럽지 않다. 극적이고 오페라틱하고
우울하며 당당한 흑인이고 고딕이다. '거친 깜둥이(찰리 루
커가 리믹스)'의 뮤직비디오에서 그는 칼pillory[106] 옆에 우아
하게 앉아 와인을 마시며 『빌러비드』를 읽고 있다. '레거시'
뮤직비디오에서는 후드가 달린 길고 검은 로브를 입고 교
수대로 올라간다. 허리께에는 검은 가죽 채찍을 들고 있다.
상의를 입지 않은 백인 청년 세 명이 그의 앞에 무릎을 꿇
고 있다. 이미지들 위에는 뒤집힌 십자가가 겹쳐 보이며 그
십자가 안에는 린치를 당하는 장면이 그려져 있다. 그러고
는 복면을 쓴 백인이 채찍을 단두대로 자른다. 거세된 채찍

---

103 미국의 전설적인 흑인 소프라노.
104 미국의 소프라노, 싱어송라이터, 시각 예술가.
105 포크너는 미국 남부 사회의 변천을 연대기적으로 묘사했다.
106 목과 손을 널빤지 사이에 끼우는 옛 형틀.

의 끝부분은 그 아래 바구니로 떨어진다. 그동안 M. 라마르는 하이 소프라노로 노래하고 있다. "그는 내 아버지의 은밀한 부분을 자르고 내 것을 가지고 놀려고 한다." '내 육체를 떠나려고Trying to Leave My Body'에서 라마르는 '배의 밑바닥에 있는' 인간 짐짝을 노래하고 있다. 그는 발판 위에 서서 올가미를 향해 몸을 기울이고 있다. 손은 내뻗고 입은 긴장한 듯 경직된 채 벌리고 있다.

M. 라마르는 억제된 과도함의 완벽한 예이다. 다양한 시대, 장르, 목소리, 젠더의 기묘한 동거가 전율적인 동시에 불안하다. 우리는 무엇을 보고 있는지, 누구의 노래를 듣고 있는지 확신할 수 없다. 라마르의 육체적 존재를 목소리와 분리할 수 없다. 목소리만으로는 유령 같은 향수, 오페라적인 트릴[107], 데스메탈적인 샤우팅, 대대로 이어지는 고통에 대한 여러 겹의 음향이며 이들의 맨 위에는 청각적 다층성이 있다. 유령 같지만 인지할 수 있는 유령이다. M. 라마르와 그의 의상, 아이라이너, 손가락마다 낀 반지를 보면 나는 지금도(또는 거의 지금까지도) 확 끌린다. 그리고 여기에는 이들 유령에 관한 새로운 맥락이 있었다. 나의 과거, 그리고 내 조상들에게서 온 맥락이.

---

107 소리를 떠는 것처럼 노래하는 창법.

미국을 다시 고스하게

'고딕 램Gothic Lamb'은 흑인이 소유한 고딕 의상 브랜드다. 그들의 인스타그램 태그라인인 "우울하고, 스트레스 받고, 검은색에 사로잡히고Depressed, Stressed & Black Obsessed"는 아프리카계 미국인의 경험이나 이모 키드emo kid에게도 적용될 수 있는 슬로건이다. '미래의 시체Future Corpse' 같은 구호가 적힌 셔츠와 '666'이 새겨진 비니 중에는 도널드 트럼프의 악명 높은 캐치프레이즈 "미국을 다시 위대하게Make America Great Again"를 재해석한 "미국을 다시 고스하게Make America Goth Again" 문구가 적힌 검은 야구모자가 있다. 이 문구는 "미국이 언제 위대했던 적이 있었는가?"라는 질문을 던진다. 아름다운 미국을 나타내는 이성애자, 백인, 교외 거주 중산층, 농촌의 노동 계급은 언제나 환각이었다. 이 질문은 '언제' 미국이 위대했던가 보다는 '누구를 위해' 미국이 위대했던가에 관한 것이다. 고딕의 역할은 목가적 풍경의 커튼을 걷어내고 어둠, 수수께끼, 현실을 드러내는 것이며 여기에는 '유일하고 진정한 미국인'이라는 오류도 포함된다. 고스에게 지루함보다 더한 범죄는 없으며 똑같은 평범함을 위해 똑같이 노력하는 것은 지겹기 짝이 없을 뿐이다.

내가 처음 본 호러 영화는 여섯 살이었던 1978년 영화관에서 본 〈우주의 침입자Invasion of the Body Snatchers〉였다. 오빠

와 같이 갔는데 날 돌보는 게 내키지 않아서 영화관에 데려
간 것 같았다. 내 머릿속에 새겨진 건 진짜 인간을 향해 외
계인의 괴성을 지르며 비난하듯 손가락질하는 도널드 서덜
랜드의 쩍 벌린 입과 왕방울만큼 커진 눈이었다. 외계인에
서 복제된 인간들이 지구를 지배하게 될 게 명백해지고 진
짜 인간 생존자들은 몇 안 남은 상황에서 복제인간에 대항
하는 유일한 방법은 깨어 있는 것뿐이었다. 나는 작은 개
에 사람의 머리가 달린 걸 본 트라우마 말고도 머릿속에 무
엇인가가 깊이 새겨진 것 같다는 생각이 들었다. 나는 절대
복제인간이 되지 않을 거야. 무슨 수를 써서라도 도망칠 거
야…. 늘 깨어 있을 거야.

유일하고 진정한 고스는 내 생각에 동의하지 않을 것 같
다. 그런 문화적 순수주의자들은 고스(고딕)는 영국과 백인
의 것이 명백하다고 하겠지. 음악 평론가들은 내가 크리스
티안 데스, 필즈 오브 더 네프림, 또는 밀리티아 복스를 언
급하지 않았다고 항의할 것이다. 그런 게이트키퍼들은 내
주장의 신뢰성에 의문을 제기할 것이다. 하지만 유일하고
진정한 미국인이라는 게 없는 것처럼 유일하고 진정한 고
스도 없다. 수없이 다양하게 변주된 패션과 음악 속에 존재
하는 고스의 진수는 형언할 수 없는 숭고함이다. 고스의 진
수는 단단히 굳히려고 할수록 점점 유동적이 된다. 하지만
고스는 하나의 공통된 지점에서 농축될 수 있다. 모든 고스

와 고딕이 이해하는 원리, 바로 검은색이다.

호러 영화 중 내가 가장 좋아하는 장르는 유령의 집이고 이 서브 장르 중에서 내가 꼽는 최고의 작품은 〈폴터가이스트〉다. 『오트란토 성』에 나오는 성과는 달리 폴터가이스트의 집은 포도 덩굴로 뒤덮인 언덕 위에 있는 무너져 가는 저택이다. 일부 구획을 재건축하고 있고, 구획이 확장되고 커지는 가운데 뭔가 불길한 기운이 '퍼져 간다.' 프릴링 가족을 위협하는 악령은 자기 집을 가지고 싶다는 미국인의 소망의 핵심을 파고든다.

스티븐 프릴링은 남부 캘리포니아의 주택 단지인 '쿠에스타 베르데'를 홍보하는 최고의 영업사원이다. 그는 거실은 바닥이 꺼지고 카펫은 벽까지 덮는 낡은 집들을 아메리칸 드림이라면서 판다. 불행히도 그의 '페이즈 원' 주택이 프릴링의 딸을 침실 벽장에서 생겨난 일종의 형이상학적 대체 차원으로 삼켜 버린다. 그는 집이 묘지 위에 지어졌을 뿐 아니라 비석만 옮겨졌고 무덤 아래 시신은 그대로 남아 있다는 사실을 알게 된다. 언덕에서 내려다보면 목가적인 쿠에스타 베르데 주택 단지의 정돈된 집들이 있고, 그 뒤에는 오렌지 카운티가 아니라 옛 시골에서 본 것과 비슷한 오래되고 방치된 비석들의 모습이 흐릿하게 보인다. 프릴링의 상사 티그는 쿠에스타 베르데 주택 단지를 묘지 부지까지 확장하고 무덤과 비석은 인근의 다른 묘지로 이장할 계획을 설명한다. 프릴링은 의심을 품고 두려워하며 말한다.

프릴링: 괜찮을 것 같은데요.

티그: 누구에게?

프릴링: 불평할 수도 있는 사람들에게요.

약간 놀란 듯 프릴링을 쳐다보는 티그: 지금까지 아무도 불평하지 않았네.

미국은 필드 홀러field holler[108]부터 〈겟아웃〉에 나오는 '침잠의 방'까지 언제나 고스였고 흑인 고딕은 언덕 위에 있는 빛나는 도시에 드리운 그림자의 역할을 해 왔다. 흑인 고딕은 도둑과 악당이 가져갔던 가면을 마치 이건 너희 것이 아니라고 말하듯 걷어 버린다. 베일이 걷힐 때가, 좀비들이 일어날 때가, 해골들이 벽장 밖으로 나올 때가, 유령들이 불평하기 시작할 때가 바로 미국이 고스가 되는 순간이다.

M. 라마르의 〈장례식과 파멸의 영가〉 앨범의 첫 트랙인 '악마는 일어나고The Demon Rising'에서는 흔들리는 후두음의 울부짖음이 이어지고 때때로 벼락 치는 듯한 피아노의 트릴과 베이스 드럼의 쿵쿵거림 위로 고음의 비명이 등장한다. 이 곡에서 나는 마치 거대한 존재가 긴 겨울잠에서 깨어나는 듯한 암시를 주는, 혼란스럽고 원시적이며 공포스

---

108 목화밭에서 강제 노동에 시달리던 흑인 노예들이 절규하듯 부르던 노래.

러운 작품인 스트라빈스키의 〈봄의 제전〉이 떠오른다. 또는 M. 라마르가 말한 '깜둥이 좀비 묵시록'이 생각난다.

죽은 자들은 노래할 수 없다. 하지만 우리는 죽은 자들이 흑인 영가와 흑인 음악을 통해 내내 우리에게 노래하고 있다는 사실을 알고 있다. 죽은 자들이 노래할 수 없다면 그저 잠자고 있을 뿐이다. 잠자고 있다면 언제든 깨어날 가능성이 있다.

죽음에서 깨어난 자들의 아무 생각 없는 걸음걸이와는 달리 이 좀비는 격앙되고 활성화되어 있다. 잠자던 거인이 깨어난 것이다. 이 일어남, 이 '깨어남'의 상태는 그 자체로 평화 대신 힘 속에 잠들어 있었음을, 저항하고 있음을 보여준다. 죽은 자들은 아직 해야 할 일이 있다. 이것이 바로 고딕이 하는 일이다. 우리의 가장 어두운 두려움을 견디고 가장 깊은 트라우마를 단순히 감당하는 데 그치지 않고 즐길 수 있는 것으로 바꾸는 일을 한다. 모두가 잠들어 있을 때 고딕은 한밤중에 일어나 아름다운 음악을 연주한다.

콤 맥카시 감독의 2016년작 영국 호러 영화 〈멜라니: 인류의 마지막 희망인 소녀The Girl with all the Gifts〉에서 멜라니(세니아 나누아)는 열 살쯤 되는 작고 귀여우며 기분 좋은 미소를 짓는 흑인 소녀다(멜라니라는 이름은 검거나 어두움을 의미하는 그리스어 melaena에서 유래했다). 멜라니는 군인들이 그녀를 휠체어에 묶기를 기다리며 콘크리트 감방 안에 참을성 있게 앉아 있다. 그녀는 마치 선생님이 아끼는 학생을 대하듯 군인들을 각자의 이름으로 다정하게 부르며 "안녕하세요"라고 공손하게 인사한다. 이 포스트 아포칼립스 세상에서 지구는 사람을 인육을 먹는 좀비로 만들어 버리는 곰팡이의 감염에 시달리고 있다. 여기에 더욱 소름 끼치는 변종이 생겨났는데, 감염 당시 임신 중이었던 여성의 경우에는 바이러스가 체외에서 퍼지고 좀비화된 아기는 자궁을 파먹으면서 태어나 인육에 대한 끊임없는 허기에 시달리게 된다. 멜라니는 이러한 아이 중 하나지만 특별하게 매력적이고 다른 아이들보다 '인간'에 가깝다. 하지만 그녀의 영리함은 바이러스가 인간의 행동을 모방하는 것뿐이라고 폄하된다. 인간들에게 멜라니는 여전히 괴물 같고 위험하고 두려운 존재다. 그녀는 마침내 경비병들과 과학자들에게 자신의 특별함을 증명하고 그들을 먹어 버린다. 드디어 바이러스가 승리하고 좀비의 수가 인간을 압도할 것이 명백해지자, 멜라니의 인간 동맹군 중 한 사람이 이제 세상은 끝났다고 한탄한다. 멜라니는 그 동맹군이 곰팡이에 먹혀 죽어가는 모습을 바라보며 편안하게 말한다. "세상은 끝나지 않았어요. 더는 당신들의 것이 아닐 뿐이죠."

감사의 글

나를 격려하고 뒷받침해 주고 조언해 주고 시간을 나눠 준 로니아 다우스, 콜린 디키, 그리핀 한스버리, 로빈 레스터 켄튼, 브루클린 공공도서관 직원들, 마크 오웬스, 도미니크 패트먼, T. 콜 레이철, 유진 터커에게 깊이 감사한다. 무엇보다 내가 이 주제를 탐구할 수 있게 영감을 준 에반 마이클슨, 조애너 에벤스타인, 라에티타 바비에르, 모비드 해부학 박물관에게 감사드린다. 작품을 실을 수 있게 허락해 준 벨웨더 사(社), 프레드 버거, 마이클 비에루트, 테레사 프랙테일, 하쿠 & 에스테밤, 잡지 〈캠브리얼〉, M. 라마르, 마르코 스밀랴니치, 카밀라 자난 라쉬드에게 특히 감사드린다. 나를 믿어 준 타릭 고다르, 조시 터너, 조너선 마운더, 리피터에게 감사드린다.

위의 모든 것과 그 이상을 해 준 내 고스 단짝 사라 파인스타인, 그리고 내가 계속 달려나가고 깨어 있을 수 있게 응원해 준 가족에게 특별한 감사를 드린다.

『다클리 : 미국 고딕의 검은 영혼』
독자 북펀드에 참여해 주신 분들

서희미　　　이정은　　　진수지

손지상　　　이정현　　　채선화

손진우　　　이준환　　　채푸름

솔고양이　　이진주　　　최동호

송경아　　　이필　　　　최봄

송승언　　　임성재　　　최샛별

신소현　　　장나원　　　최승은

안소민　　　장난영　　　최지혜

안예은　　　장성진　　　최해성

앙꼬코리롱　장순주　　　최희주

양이슬　　　장종철　　　쵸쿤달롱

에몽스토리　전혜원(2)　　침엽수

열하　　　　정구원　　　킴킴

유경　　　　정미경(2)　　팝업북러버

유시영　　　정민지　　　편백나무숲

윤준원　　　정선현　　　포슬

율밤곰　　　정성욱　　　한보경

이덕자　　　정승현　　　허성완

이든　　　　정시윤　　　현명지

이미주　　　제야　　　　홍세빈

이시은(2)　조원경　　　홍시온

이연재　　　조하린　　　홍은선

이은희　　　주자덕　　　황지용

다클리: 미국 고딕의 검은 영혼

1판 1쇄 인쇄 2022년 9월 7일
1판 1쇄 발행 2022년 9월 21일

지은이 릴라 테일러
옮긴이 정세윤

발행인 김지아
표지 및 본문 디자인 Misoso

펴낸곳 구픽
출판등록 2015년 7월 1일 제2015-27호
주소 서울시 광진구 동일로 459, 1102호
전화 02-491-0121
팩스 02-6919-1351
이메일 guzma@naver.com
홈페이지 www.gufic.co.kr

ISBN 979-11-87886-83-9 03800